新时代
最超炫最具魅力的

童 话

在花瓣上散步的
小蚂蚁

ZAI HUA BAN SHANG SAN BU DE XIAO MA YI

李宏声◎著

天津人民出版社

图书在版编目（CIP）数据

在花瓣上散步的小蚂蚁／李宏声著. —天津：天津人民
出版社，2012.7

（巅峰阅读文库. 校园文学优酷悦读）

ISBN 978 – 7 – 201 – 07612 – 6

Ⅰ. ①在… Ⅱ. ①李… Ⅲ. ①童话—作品集—中国—
当代 Ⅳ. ①I287.7

中国版本图书馆 CIP 数据核字（2012）第 147049 号

天津人民出版社出版

出版人：刘晓津

（天津市西康路 35 号　邮政编码：300051）

邮购部电话：（022）23332469

网址：http：//www. tjrmcbs. com. cn

电子信箱：tjrmcbs@126. com

北京市凯鑫彩色印刷有限公司印刷

2012 年 7 月第 1 版　2012 年 7 月第 1 次印刷

787×1092 毫米　16 开本　12 印张

字数：150 千字

定价：20.00 元

序　言
——慧眼看世界

翻开这本《在花瓣上散步的小蚂蚁》，仿佛走进了另一个世界。

在这个世界里，一只蚂蚁会在一朵花的花瓣上散步，一只刺猬会为了寻找微笑而苦恼，一只青蛙会为了丢失的梦求助于朋友，一只小田鼠会用诗歌安慰饥饿的家人……在成人眼里司空见惯的动物和昆虫有了新的身份，获得了和人一样的情感与尊严。

许多人会用作家具有童心和想象力来解释儿童文学作家笔下创造的奇妙世界。其实，创造这个世界的原动力更多来源于作家看待现实世界的方式，作家在作品中表达的，往往是自己对于现实世界的理解与想象。现实世界让我们有许多快乐与感动，同时，也有许多的无奈甚至绝望。

然而，在一个对生活充满热情与包容的作家眼里，风雨之后总会有彩虹出现，每一个卑微和弱小的生命都会有自己生存的理由和表演的舞台。因此，不管经历过怎样的艰难与磨难，我们总能在文学作品中找到温暖和力量，找到迎接暴风骤雨的信心和勇气。《在花瓣上散步的小蚂蚁》的作者要传达给读者的，正是他在世界中感受到的爱与温暖。

金波先生曾说，写幼儿文学需要大手笔。

这不仅是因为幼儿有着独特的审美心理和精神需求，作品需要具有特殊的审美构成和艺术规范；还因为幼儿文学首先要让成人感到需要——成人是幼儿文学的第一读者，他们希望这些作品是"有用途"的，必须对幼儿有塑造思想品德、培养审美能力、增长知识的作用。

因此，成人希望在幼儿文学中有高于幼儿的新发现，并且可以用来辅导孩子阅读，让这些发现在孩子身上发挥作用。成人希望看到的故事既要能够感染和打动孩子，又要能有效地调动孩子的主观能动性，使之成长为成人社会普遍标准认可的人。因此，成功的幼儿文学必须能够满足成人和幼儿的双重需要。

首先，这些故事必须是有趣的，符合幼儿的思维方式和接受能力，其次，这些故事又必须是能启发读者进一步思考的，这种思考要充分考虑到幼儿的认知能力和接受能力，让他们在阅读的过程中有所收获。

在《小田鼠的冬天》中，小田鼠吉吉一家被大雪困在家里，食物越来越少，饥饿困扰着全家。只有吉吉一直在不停地写诗，当他念出"冬天来了，春天还会远吗？不远啦，白雪马上就会融化，春风已向我们吹来，我们不喜欢的阳光，正在唤醒所有睡觉的植物！"的诗句时，焦虑的家人脸上露出了微笑，而春天果然在不久如期而至。

在这个故事中，简单而富有特征的季节描写让幼儿很快进入故事发生的环境，了解了冬天田鼠的生活情况，了解了田鼠所吃的食物。当田鼠一家的食物不够吃的时候，富有同情心的幼儿必然会开始思考一个问题：他们该如何生存下去？

故事的展开告诉孩子们，叹气和哭泣是不能解决问题的，小田鼠能够正视自己的生存环境和条件，才能有勇气和信心迎接春天的到来。而田鼠一家能够渡过难关的另一个重要因素是在困难面前家人的互相鼓励与支持。

这样一个简单的故事蕴含着如此多的内涵，却被作家处理得不露痕迹，这个故事因此成为一个较为优秀的幼儿故事。

这样既帮助幼儿认知事物，又让他们能够自我挖掘故事内涵的作品在这本书里还有很多。这些故事浅显易懂、趣味盎然，但并不只是停留于对儿童生存状态和方式的摹写，而是用幼儿能够理解的方式尽可能地调动幼儿欣赏的主观能动性；虽然都是短篇作品，但作品中的哼哼猪、好狼哈克等还是给读者留下了深刻的印象。这些作品因此具有感染力和持久性。

这本书里还收录了不少李宏声的儿童诗（童话诗、童话散文诗等）。那些意象稚拙的诗句与充满童趣的想象和他的童话一样表达着作家对生活中的美与快乐的发现。其中有这样一首诗：

> 夜里的天空，
> 是很大一片的黑色草丛吗？
> 你看，
> 有那么多的蚂蚁、蚂蚱在一闪一闪地发着点点的光亮，
> 为什么都把它们叫做星星呢？

一个对生活充满热情与敏感的人才会有如此多的发现。而李宏声并不满足于感官的发现，他在自己的作品中用智慧与诗意的方式将这些发现传达给每一个读者。

看《在花瓣上散步的小蚂蚁》，能让我们在纷繁喧嚣的世界中寻找到一份安宁和诗意。

余　雷

2011 年 7 月

目录 contents

第一辑　小刺猬找微笑

目录 contents

目录 contents

目录 contents

第三辑　在花瓣上散步的小蚂蚁

目录 contents

目录 contents

第一辑
小刺猬找微笑

✿ 想要快乐的电话

小田鼠家的电话很长时间没有听见铃声响了，它越来越孤单了，越来越不快乐。

电话真的好想快乐起来。

可是，它的主人小田鼠，没有一个朋友，没有谁给它打电话，小田鼠也没有给谁打过电话。

小田鼠自己也越来越孤单，也好想找到快乐！

一天夜里，小田鼠出去找食物了。突然电话铃声响了，小田鼠的电话一下子精神起来。可是，小田鼠不在呀！

电话就自己接通了，问对方："你是谁呀？小田鼠不在家！"

"我是小刺猬，我找小蛐蛐儿，打错啦！"小刺猬说完刚要挂断电话，就听见小田鼠家的电话着急地喊："求求您，先别挂断！请您听我说一句话好吗？"

"哦，你要说什么？说吧！"小刺猬问。

小田鼠家的电话说："我的主人小田鼠一个朋友也没有，这么长时间了，你是第一个打来电话的，它又不在，它要是能听到电话铃声的话，一定会很开心的！"

"可是……"小刺猬说，"我打错电话了！不过，我可以帮助你的！"

"真的吗？你怎么帮助我呢？"小田鼠家的电话高兴地问。

小刺猬回答："我先不告诉你，你就等明天吧！从明天开始，会有好多好多动物打电话找小田鼠的，它会有很多很多朋友的！"

"那太好啦！谢谢你，小刺猬！"小田鼠家的电话非常高兴。

小刺猬刚放下电话，小田鼠就回到了家里。它直接躺在床上，闷闷不乐。

小田鼠家的电话却显得十分兴奋，等啊等啊，真希望第二天早点儿到来！

第二天天刚亮，小田鼠家的电话就"嘟嘟嘟"地响了起来。小田鼠迷迷糊糊地从床上坐起来："这是什么声音？是电话！电话来了！"小田鼠一下子从床上跳下来，抓起电话喊："我是小田鼠！你好！"

对方回答："你好！我是小刺猬，今天晚上我们一起去找好吃的，好吗？"

"好呀，太好啦！"小田鼠高兴得快要蹦起来了。

小田鼠刚放下电话，电话又响了，是小蛐蛐儿打来的，它要请小田鼠晚上来参加它的音乐会演出。小田鼠自然高兴地答应了。

小田鼠接连接到了小白兔、小乌龟、小青蛙、小蜗牛打来的电话，都要和小田鼠交朋友。

小田鼠高兴极了。

小田鼠家的电话也快乐起来了，它对自己说："这下，我和小田鼠再也不孤单啦！"

🌸 小·青蛙的梦丢啦

"真的，我的梦丢啦！"一只小青蛙蹲在荷叶上，看着池塘水面上自己的影子对自己说。

"你怎么啦，小青蛙？"一只小蜻蜓飞过来问。

"我刚才做了一个梦，突然就丢啦！"小青蛙盯着水面说。

"咦？真的吗？你还记得是什么梦吗？"小蜻蜓飞落在莲蓬上问小青蛙。

"我记得我的梦里有一圈一圈又一圈的水纹儿……"小青蛙回忆说。

"水纹儿？"小蜻蜓想了一下，就扇动翅膀飞起来，用自己的尾尖儿轻轻地点着池塘平静的水面。

"哇！水纹儿！我的梦找到啦！"小青蛙在莲叶上跳了起来。

"真的找到了吗？"小蜻蜓飞回来问小青蛙。

"找到啦！谢谢你！"小青蛙高兴地向小蜻蜓表示感谢。

"不客气！"小蜻蜓说，"可是你知道吗？稻田里的害虫太多啦，那里更需要你呀！"

"是的，我想起来啦！"小青蛙说，"我梦里的水纹儿是稻田里的，水纹儿里还有许多好吃的害虫呢！"

"那快去找你真正丢失的梦吧！"小蜻蜓说。

"好的，我这就去！"小青蛙说完，"扑通"一声跳进池塘里，向稻田方向飞快地游去！

❀ 小刺猬找微笑

动物村的动物们最近发现，小刺猬有好几天都是愁眉苦脸的。

"小刺猬，你怎么啦？"动物们一见到小刺猬就问。

"是呀，我怎么啦？"小刺猬一只手托着下巴想了半天，终于喊出了一句话："哎呀！我的微笑跑啦！"

"微笑怎么会跑了呢？"动物们都不相信。

"肯定跑了，我要把它找回来！"小刺猬认真地说。

小刺猬开始去找自己的微笑啦！

小刺猬走到半路，突然听见喊"救命"的声音。小刺猬急忙四处寻找，终于发现一只小蜜蜂的翅膀被一棵苍耳的刺球儿扎住，飞不了啦！

小刺猬急忙跑过去，把小蜜蜂救了下来。

"谢谢你，小刺猬先生！你真好！"小蜜蜂飞在空中微笑着说。

"不客气，这是我应该做的！"小刺猬也微笑着说。

"小刺猬先生，你要去哪儿呀？"小蜜蜂问，"我能帮你的忙吗？"

"我要去找回我的微笑！"小刺猬难过地说，"我的微笑不见啦！"

"找回微笑？我刚才看见你的微笑啦！"小蜜蜂惊讶地说。

"我微笑了吗?"小刺猬不相信。

"真的,我真的看到啦!"小蜜蜂微笑着说。

"这是怎么回事呢?"小刺猬两手摸着自己的脸,自言自语地说。

小蜜蜂微笑着回答:"因为您有一颗爱心呀!"

"这么说,我找回我的微笑了吗?"小刺猬还是有点儿不相信。

"是的!你找回你的微笑啦!"小蜜蜂说,"不信,你回动物村再看看!"

小刺猬想了一下,突然转身往动物村跑。

"哎呀,小刺猬,你笑得可真甜呀!"碰到小刺猬的动物都这么说。

"是呀,因为我找回微笑啦!"小刺猬开心地回答。

❀ 开心的小白兔

今天真是个好天气！

小白兔挎着竹篮子，蹦蹦跳跳地去采她最喜欢吃的蘑菇。

真不错，小白兔一会儿的工夫就采满一篮子的大蘑菇！

蘑菇太多，竹篮子太沉了，小白兔挎着竹篮子慢慢地往家走。

小白兔路过草丛时，听到有谁在哭，急忙走过去一看，原来是一只小刺猬正在一边哭，一边抹着眼泪呢！

"小刺猬，你怎么啦？"小白兔问。

"我太饿了，可是我找不到吃的！"小刺猬哭着回答。

"哦，是这样呀。"小白兔从竹篮子里挑出一个最大的蘑菇放在小刺猬的面前，"这个大蘑菇送给你吃吧！"

"真的吗？真是太谢谢你啦！"小刺猬停止了哭声，显得十分惊喜。可是，小刺猬又难过地对小白兔说："可是，这么大的蘑菇我背不动呀！我妈妈生病了，躺在家里，也很饿呢！"

小白兔挠挠脑袋想了一下，微笑着对小刺猬说："你不是也很饿吗？你现在就可以吃蘑菇呀，然后把剩下的蘑菇背回家，给你妈妈不就行啦！"

"是呀！"小刺猬高兴起来，马上咬了一大口蘑菇吃了起来。

"谢谢你，小白兔，你可真好！"小刺猬一边嚼着蘑菇一边说。

"不用客气，你慢慢吃吧，我先走了，再见！"小白兔说完便挎着竹篮子继续往家走。

"再见，小白兔，谢谢你！"小刺猬在小白兔的身后大声地喊。

小白兔觉得竹篮子轻了很多，走起路来也很轻松。是呀，少了一个最大的蘑菇，重量当然就减轻啦！

不过，小白兔还是十分开心，因为，自己帮助了一个需要帮助的小动物呀！

✿ 下雨了

天黑了，下雨了。

有一只贪玩的小蚂蚁躲在一棵小蘑菇的伞盖下，又是着急又是害怕。

"唉，天这么黑，雨也不停地下，也没谁来陪我，好可怕哦！"小蚂蚁可怜巴巴地对自己说。

"有我呢！我来陪你呀！"一个声音突然传来。

"你……你是谁呀？"小蚂蚁害怕地问。

"我是小蘑菇呀！"小蘑菇小声地回答，"你在我的伞盖下躲雨呢！"

"哦，你是小蘑菇呀！"小蚂蚁不再那么害怕了。

"小蚂蚁，不要害怕！"小蘑菇说，"我给你讲讲发生在我身边的有趣的事吧！"

"好呀！"小蚂蚁高兴地回答。

"就说今天吧！今天早晨一只小白兔来采蘑菇，看到了我，夸我长得很好看，就是太小了，让我快快长大，等我长大了再来采我呢！"小蘑菇在雨中慢慢地说着，小蚂蚁也趴在小蘑菇的伞盖下，两手托着下巴认真地听着。

"后来呢？"小蚂蚁问。

"后来，又爬来了一只小蜗牛，它是一只会写儿歌的蜗牛，还给我写了一首儿歌呢！"小蘑菇开心地说。

小蚂蚁问："能念给我听听吗？"

"当然可以！"小蘑菇说，"你听着——雨娃娃，会魔术，一变变出许多胖蘑菇。伞盖大，把儿粗，下边走着小白兔！"

"哈哈！"小蚂蚁笑出了声，"你一定会长成一个胖蘑菇的！"

"谢谢你，我一定会努力的！"小蘑菇高兴地说。

"那……那再后来呢？"小蚂蚁又问。

"再后来，天黑了，下雨了，你就来躲雨了！"小蘑菇回答。

"你真是一棵快乐的小蘑菇，一点儿也不孤单！"小蚂蚁羡慕地说。

"是呀，我很快乐！你也要快乐起来呀，你看，天快亮了，雨也要停了，你还是睡一觉吧，等你睡醒了，你就可以回家啦！"小蘑菇说。

"我还真的困啦！"小蚂蚁打了一个哈欠说，"我先睡一觉吧，谢谢你陪我！"

"不客气，好好睡一觉吧！"小蘑菇说。

小蚂蚁趴在小蘑菇的伞盖下，慢慢地睡着了，睡得可香啦！

❀小·萤火虫儿睡着了

夜晚，对小刺猬来说，那可是最好的时候啦！星星、月亮、轻风、草丛、蛐蛐儿的自弹自唱、青蛙的架子鼓伴奏……啊，真是太美啦！

可是，有一只小刺猬却非常伤心。这是为什么呢？因为它得了一场大病，眼睛看不见，耳朵也听不见啦！

一到夜晚，小刺猬总会自己走出洞口，趴在洞口附近的草丛中，一动也不动。小刺猬的爸爸和妈妈在洞口看着自己的儿子，都流出了眼泪。

"天上的星星一定是一眨一眨的吧！"小刺猬轻轻地对自己说。

一只小萤火虫儿听见了，飞到小刺猬的面前，发现它是一只什么也看不见，什么也听不见的小刺猬，觉得小刺猬很可怜，不忍心飞去，就飞到小刺猬的睫毛前，扇了几下翅膀。

"哎呀，星星飞到我眼前啦！"小刺猬高兴地拍着手说，"我看见它好亮好亮呀！"

小萤火虫儿听了，眼泪流了出来，继续在小刺猬的眼前扇动自己的翅膀！

"哈哈，我听到小蛐蛐儿的琴声和歌声啦！"小刺猬拍着手开心地说。

小萤火虫儿有些累了，但是一听小刺猬这么说，就继续扇动自己的翅膀，越来越快。

"真的，我听到了小青蛙正在敲架子鼓呢！真的好响亮哦！"小刺猬一边说一边站起来往前走。

"好儿子，回家睡觉吧！"小刺猬的妈妈流着眼泪拉住小刺猬的手说。

"我不要！我要看星星，听小蛐蛐儿、小青蛙的演奏！"小刺猬两手摸着继续往前走。

小刺猬的爸爸也出来了，看到这种情景，也哭了，对小刺猬的妈妈说："让孩子去吧！它会很开心的！"

小刺猬两手往前摸着走了几步，侧着耳朵听了听，又使劲眨了几下眼睛，开心地说："星星可真亮呀，小蛐蛐儿的琴声和小青蛙的架子鼓可真好听呀！"

小萤火虫儿听到后，擦干眼泪，继续使劲地在小刺猬的眼前扇动着翅膀……

夜深了，小刺猬转身又摸着回到洞口，它趴在洞口睡着了，小刺猬的爸爸和妈妈也陪在小刺猬的身旁睡着了。

还有一只小萤火虫儿，躺在小刺猬的眼前，也睡着了……

❀ 冬天里的小熊手机短信

一到冬天，小熊就会冬眠的，不吃不喝睡大觉，动物村的村民们都是知道的。

可是，动物村里有手机的村民们，每天都能收到小熊手机发来的短信。

"小白兔，你看到雪花了吗？一定很凉爽吧！等春天来的时候，一定要告诉我哇！"

"小鸭子，你看到雪花了吧？你和小白兔玩打雪仗了吗？等春天来的时候，一定要讲给我听哟！"

"小花狗，你看到雪花了吧？你和小白兔、小鸭子一起堆雪人了吧？一定要照张相呀，等春天来的时候，一定要给我看啊！"

"小公鸡，你看到雪花了吧？你在雪地上画了许多许多的竹叶吧？等春天来的时候，一定给我留一片噢！"

"小黑猫，你看到雪花了吧？你在雪地上画了许多许多的梅花吧？等春天来的时候，一定给我留一瓣呀！"

……

小熊怎么会在冬天里给动物村的村民们发手机短信呢？这是怎么回事呢？

小白兔、小鸭子、小花狗、小公鸡、小黑猫看着自己手机上的短信，都不相信这是真的！可是，手机号码真真确确是小熊的呀！

小白兔、小鸭子、小花狗、小公鸡、小黑猫都给小熊回复了短信："谢谢你小熊，等春天来的时候，我一定会让你满意的！"最后，它们又都多加了一句："你不是在冬眠吗？"

不一会儿，它们的手机都响了，短信来了，小白兔、小鸭子、小花狗、小公鸡、小黑猫急忙打开一看："你好，我是小猪。小熊在冬眠前把手机交给了我，请我代替它向你发们出短信，祝你过一个快乐的冬天！别忘了，把冬天的快乐，在春天小熊醒来后，与它一起分享呀！"

❀电话暖气

又下雪了。

小田鼠躺在家里的床上，盖着厚厚的被子，脖子上还围着一条厚厚的围巾。

可是，小田鼠还是感到很冷，觉得自己的心和身体都在不停地哆嗦着。

"唉，快过年了！"小田鼠叹了一口气对自己说，"看来不会有谁给我打电话拜年啦！"

小田鼠刚说完，床边的电话就响了。

小田鼠一下子从床上坐起来，抓起电话就问："您好，我是小田鼠！"

电话那边传来一阵甜甜的声音："小田鼠您好，我是乖乖兔，打电话给您拜年啦！"

"太谢谢您啦！您还能记得我，我真的很开心！"小田鼠一边说一边用另一只手把脖子上的围巾摘下来。

乖乖兔在电话那边说："小田鼠，天气越来越冷了，可千万不要感冒了呀！"

小田鼠开心地回答："放心吧，乖乖兔，我一点儿也不冷，因为我有电话暖气呀！"

"电话暖气?"乖乖兔没明白。

"您能给我打电话过来，我就一点儿也不冷了，可暖和啦!"小田鼠说。

"原来是这样呀！都怪我整天贪玩，忘记了好朋友!"乖乖兔不好意思地说，"以后我每天给您打电话!"

"那太好啦!"小田鼠高兴地说，"有了电话暖气，这个冬天就不会冷啦!"

❀ 小熊的贺年片

新年到了，小老鼠吉吉收到了许多贺年片，有小兔的、有小狗的、有小鸡的、有小鸭的……可真多呀！

"还有小熊的呢！"小老鼠吉吉拿起一张贺年片高兴地说。

小老鼠吉吉开始给他们写贺年片，然后把贺年片塞进邮箱里。

第二天，邮递员小猪敲小老鼠吉吉的家门。

邮递员小猪把一张贺年片交给小老鼠吉吉说："小熊正在冬眠呢，他看不到贺年片的！"

小老鼠吉吉惊讶地说："不会呀，我昨天还收到他寄给我的贺年片呢！"

邮递员小猪说："是这样的，小熊在冬眠前就提前写好了贺年片交给我，到新年的时候让我寄给你们的！"

小老鼠吉吉问："这么说所有的小动物都收到啦？"

邮递员小猪回答："当然！"

小老鼠吉吉拍手高兴地说："小熊可真好！"

邮递员小猪微笑着说："等到春天来的时候，小熊醒来后，你再把贺年片寄给他吧！"

小老鼠吉吉高兴地说："是的，我还要把我在冬天遇到的有趣好玩的事告诉小熊!"

邮递员小猪说:"这是你给小熊最好的新年礼物啦!"

小老鼠吉吉说:"我还告诉小兔、小狗、小鸡和小鸭他们,让他们也把在冬天遇到的有趣好玩的事告诉小熊!"

记性差的老狼丢丢

老狼丢丢从小到现在一直记性很差。

丢三落四的毛病使丢丢受了很多苦，可他总是改不掉这个毛病。

就说那次吧，老狼丢丢想吃涮羊肉，他开始忙活起来。

首先点火烧水，可他又忘了火柴放在哪儿了。找呀找，火柴总算找到了，可是水快要开的时候，老狼丢丢又忘了买锅底料。他马上跑出去买锅底料，在锁门时还对自己说，别忘了带钥匙。他把钥匙拿在手上，锁上门就去超市买锅底料。锅底料买回来了，他转身打开冰箱一看，哟，没有羊肉片了！他忘了自己早已吃完了。他连忙把手中的钥匙往桌上一放，转身出门又去买羊肉片。他对自己说："可别忘了锁门，不然狡猾的狐狸会偷吃锅底料的。"

当老狼丢丢把羊肉片买回来时，这才发现忘了把钥匙拿出来。这可怎么办？屋内的水还在烧着呢！如果把水烧干，就会引起煤气爆炸，房子会烧没的！老狼丢丢急得团团转，不知道怎么办才好。

这时，山羊尖尖从山上练完气功回来，看到老狼丢丢在自己家的门口来回打转转，就走过去问怎么回事。

老狼丢丢急得冲着山羊尖尖直喊："哎呀，不好啦，我出去买东西，锁了门，忘了拿钥匙，屋里还烧着水，再不进去，房子会着火的！这可怎么办呢？"

山羊尖尖一听，晃晃头说："没关系，我把你家的房门撞开吧！"

老狼虽然心疼房门，但也没更好的办法，只好点头同意了。

于是，山羊尖尖倒退几步，一运气，向房门撞去，"砰"的一声响，房门撞开了。

老狼丢丢赶紧跑进屋里，一看，水正开着，没什么危险，他很高兴，就对山羊尖尖说："多亏了你呀，好朋友，正好，我今天请你吃涮羊肉！"

只听"砰"的一声，老狼丢丢不见了。原来，老狼丢丢被山羊尖尖给顶到房梁上去了。

哈哈，老狼丢丢又忘了尖尖是只山羊！

❋ "草丛之声" 中秋音乐晚会

每年中秋节的时候，草丛电视台都会举办"草丛之声"中秋音乐晚会。

今年的中秋节马上就要到了，大灰狼和狐狸一起来到草丛电视台，想报名参加中秋音乐晚会。

"你们都会些什么呢？"草丛电视台台长小白兔有点儿不安地问大灰狼和狐狸。

"我嘛！"大灰狼得意地说，"我会打架子鼓！"

"我会吹小号！"狐狸神气地一拍自己的胸脯。

"既然这样，"小白兔皱着眉头说，"你们可以参加音乐会，不过，为了保证安全，我们给你们安排一个特殊的舞台。"

"什么特殊的舞台？"大灰狼问。

"到时候你们就知道啦！"小白兔回答。

那是一个宁静的夜晚，圆圆的月亮挂在天上，风柔柔地吹着，有点儿凉。在大榆树底下的草丛广场上，萤火虫儿的灯光上下翻飞地闪烁着。

奇怪的是，在舞台最后方，有一个四周竖满栅栏的小舞台，正中央还放着一台架子鼓。

"这个舞台好像是给咱们准备的！"狐狸说。

大灰狼生气地瞪了狐狸一眼："笨蛋！还会给谁呢？"

演出开始啦！草丛里的所有动物演奏着自己拿手的乐器，投入地表演着。

突然，一个不和谐的乐音打断了演奏。

"为什么要给他们设置栅栏？"岁数大的老乌龟挥动手中的笛子大声喊道。

"对啊，中秋节是团圆的节日，我们应该一起庆祝才对！"

"我们应该忘掉仇恨，一起过节！"草丛里的动物们都七嘴八舌地嚷嚷着。

没办法，小白兔台长只好宣布："把栅栏拆掉，请大灰狼和狐狸到舞台中央演出！"

这下，大灰狼和狐狸激动得不知说什么好啦！

瞧，他们多卖力啊！大灰狼双手抡起鼓槌上下左右四处翻飞；狐狸吹着小号，腮帮子鼓得都快要爆炸了。

音乐晚会演出十分成功！

❀第一只飞回北方的燕子

有一只燕子从南方飞回来了。

这可不是普通的燕子，他是第一只飞回北方的燕子！

这只燕子盘旋在去年春天曾经住过的窝巢上空，发现自己的窝巢里已经住着小麻雀一家了。

"怎么办呢？"这只燕子想，"这个窝巢可是我和我的丈夫一起辛辛苦苦筑起来的。在这个温暖的窝巢中，我们哺育了好多儿女。虽然在去年秋天飞往南方的途中，它们都不幸离开了我，可是，我现在感觉到它们都没有离开，都在我们生活过的窝巢中等着我回来呢！可是……"

这只燕子又盘旋了几圈后，停在一棵大榆树的树枝上，伤心地哭了起来。

"你怎么啦？这么早就飞回来了！"这只燕子听见跟自己打招呼的声音，四处寻找，发现头上的树枝上站着一只小乌鸦。

"你好，小乌鸦！"这只燕子停止了哭声，对小乌鸦说，"我没有家了，只剩下我自己了！"

"真可怜哪！"小乌鸦柔声地说，"不过，你可以重新筑一个新窝呀！"

"可是……"这只燕子伤心地说，"可是我还想住进以前的家，那里是我和丈夫、儿女共同幸福生活的温暖的家呀!"

"哦,是这样啊!"小乌鸦想了一下又说,"可是它们都永远离开了你,你应该重新振作起来,寻找更加幸福的生活才对呀!"

这只燕子叹了一口气说:"唉,我老了,还不知能活多久,我想我还是离开这里吧!"

小乌鸦说:"我明白你的意思,你和我不一样,我的妈妈现在老了,飞不动了,我每天找食给我的妈妈吃,可是你们燕类却没有这种本能啊!"

这只第一个飞回北方的燕子摇摇头,叹了口气,扇动翅膀飞走了。

❀ 最好听的声音

雨越下越大，还打着雷和闪。

大草丛里的夜晚，真的好可怕。

小盲兔吉米家的房顶裂缝了，雨水不停地往屋里灌，水涨得越来越高了。

小盲兔吉米把身子缩成一团，躲在床上的被子里哭了起来。

"我要被雨水淹死啦！"小盲兔吉米伤心地哭着说，"谁能帮助我呢？"

吉米刚说完，就听见门外有谁在喊："吉米，你在吗？"

"谁呀？"吉米怕得把身子缩得更小了。

"我是小刺猬呀！"那个声音在喊，"我和小田鼠来看你来啦！"

"是你们俩呀！"吉米一下子坐起来，高兴地从床上跳下来。地上的雨水已经很深了，它摸索着向门的方向走去。

"你们可来啦！"吉米打开门就着急地喊起来，"我家的房顶漏了，家里要被雨水淹了！"

"我们来帮你把房顶修好！"这是小田鼠的声音。

"谢谢你，小田鼠！还有小刺猬！"吉米微笑着说。

小刺猬和小田鼠浑身被雨水浇得湿淋淋的，它们俩开始往吉米的房顶上爬。

小刺猬爬到房顶，对吉米说："你进屋等着吧，一会儿就修好了！"

"放心吧，很快就好！"小田鼠也说。

吉米转身回到屋里，摸索着坐到了一张椅子上，它的头顶上传来叮叮当当的声音，不一会儿，吉米感觉屋里不再漏雨水了。

吉米高兴地站起来拍着手喊："修好啦！修好啦！"

这时，小刺猬和小田鼠走进了屋，一边抹着脸上的雨水一边高兴地说："修好了，没事啦！"

"咔嚓！轰隆！"雨越下越大了。

吉米侧着耳朵听了听，说："雨又下大了，你们就在我家住吧！"

小刺猬往屋里看了看，说："别着急，我和小田鼠先把雨水淘出去，再把床搬到里边去。幸好床和被子没有湿！"

紧接着，小刺猬和小田鼠又忙了起来。

过了一会儿，小刺猬喘着粗气对吉米说："好啦，水被淘干了，你可以上床休息啦！"

"太好啦！"吉米高兴地拍着手说，"那我们一起躺在床上休息吧！"

小田鼠一边擦汗一边说："没办法，雨下得太大了，我们三个只好挤在一张床上啦！"

"我的床挺宽敞的，不会挤的！"吉米一边说一边摸索着往床的方向走去。

小刺猬和小田鼠赶紧过去搀着吉米。

它们三个躺在一张床上，一点儿也不挤，都感觉挺舒服的。

小刺猬和小田鼠太累了，很快就睡着了，还打起了呼噜。

呼噜声越打越响，吉米听着听着就笑了："这可是我听到的最好听的声音啊！"

✿ 做好事的大灰狼

大灰狼做梦也没想到，自己做了一件大好事！

本来，大灰狼是想抓兔子的。

可是，大灰狼碰到小灰兔时，小灰兔不但没逃跑，反而来到大灰狼面前，把一张《草丛画报》递给大灰狼看。

大灰狼很惊讶，拿过《草丛画报》一看，才知道草丛里来了两个猎人，说是专打大灰狼的，还挖好了陷阱、埋下了夹子。

"有这事儿？你为什么要让我知道？"大灰狼有点儿不相信。

"因为我们都是动物，为了不被猎人打死，我们应该团结起来！"小灰兔说。

"你的话让我真感动！"大灰狼舔舔嘴巴，"可我还是要吃了你，因为我很饿！"

"你可以吃了我。不过有一个条件！"小灰兔一点儿也不害怕。

"什么？我吃你还要有条件？"大灰狼很生气。

"是的，你要帮我做一件事，你才能吃了我！"小灰兔大声地说。

"好，好，我先不吃你，我倒要听听是什么事？"大灰狼耐着性子说。

"你知道大榆树底下草丛广场有几块大石头吗？"小灰兔问大

灰狼。

"当然知道，我还被它们绊倒过好几次呢！"大灰狼说。

"那好，你把这些石头搬到另一个地方后，你就可以吃我啦！"

"真的吗？就这么简单？"大灰狼还是不太相信。

"是的，就这么简单，你干不干？"小灰兔说话很干脆。

"我……我干！"

大灰狼跟小灰兔来到大榆树底下的草丛广场。昨天下了一夜雨，草丛广场积满了雨水。

"我开始搬石头啦！"大灰狼凶巴巴地说。

"快搬吧！快点儿搬！"小灰兔催着大灰狼。

大灰狼毫不费力地搬起一块大石头："这石头扔到哪儿呀？"

"那儿，扔到小松树底下！"小灰兔指挥着大灰狼。

大灰狼连续搬了好几次，总算把石头搬完了，累得他伸长了舌头，气喘吁吁的。

"咦，奇怪，雨水怎么流没啦？"大灰狼发现草丛广场里的积水没有了。

"哈哈，谢谢你，大灰狼！"小灰兔笑着说，"你为草丛里的小动物们做了一件大好事呀！"

"好事？什么好事？"大灰狼更加糊涂了。

"你把大石头搬走，雨水就不会把草丛广场淹没了，而且也救了小田鼠和小刺猬的家，你可做了一件大好事呀！"

小灰兔把事情的经过告诉了大灰狼。

"哦，原来是这样呀！那……那猎人挖陷阱、埋夹子的事是真的吗？"大灰狼又问。

"当然是真的，不过已经被我发现了，我把陷阱和夹子都破坏掉了！"小灰兔微笑着回答。

"哎呀，好险哪！"大灰狼长长地吐出一口气。

"现在，你可以吃我啦！"小灰兔来到大灰狼的面前。

"这个嘛……既然你救了我，那我现在不吃你啦！"大灰狼显得很大方。

"你为大家做了一件大好事，明天草丛电视台、草丛广播电台和《草丛画报》都会来采访你的！"小灰兔说完就一蹦一跳地离开了。

"哦，我出名啦！这可太好啦！"大灰狼高兴地一边跳一边欢呼。

❀哼哼猪历险记

哼哼猪过马路

哼哼猪是童话镇小学的学生。

天气真热呀，中午放学后，哼哼猪背着书包想到冷饮店喝杯冷饮解解渴。

冷饮店在马路的对面，必须要横穿马路才行。

哼哼猪刚走到人行横道，红灯就亮了，车辆开始来回快速开动了。

正在这个时候，刚来到哼哼猪身边的小白兔突然往前跑起来，它要闯红灯！

"小白兔，别跑，危险！"哼哼猪大声地在小白兔身后喊。

可是来不及了，小白兔已经跑到了人行横道的中间，来往的车辆急忙踩刹车，"吱嘎"声连续不停地响了起来。

小白兔一下子吓傻了，站在人行横道中间一动不动。

交通警察花斑狗骑着摩托车赶了过来，开始忙碌地指挥起车辆交通。

哼哼猪也快速跑到小白兔身边，拉起它的手跑到马路的对面。

“太危险啦！”哼哼猪严肃地对小白兔说，“以后千万别这样啦，一定要遵守交通规则，不这样的话就会被开过来的车子撞到的！”

这时，交通已经恢复了正常，交通警察花斑狗也走到小白兔和哼哼猪的跟前。

花斑狗微笑着对哼哼猪点点头：“你说得非常正确，希望小白兔向哼哼猪好好学习啊！”

小白兔红着脸低下头，说：“我一定会记住哼哼猪的话，以后再也不这样啦！”

交通警察花斑狗骑上摩托车走了，哼哼猪拉起小白兔的手，微笑着说：“我们一起去冷饮店喝饮料吧！”

小白兔高兴地回答：“太好啦！”

哼哼猪救火

童话镇里有一家名字叫“爽歪歪”的冷饮店。

一到炎热的夏天，童话镇的居民们都要去那里喝自己最喜欢的冷饮——蜂蜜可乐。

这可是“爽歪歪”冷饮店老板小蜜蜂的独家发明啊！

哼哼猪和小白兔刚来到“爽歪歪”冷饮店，就突然着火了。

来喝冷饮的居民们东碰西撞乱成了一团。

只有哼哼猪没有害怕，它大声喊着让居民们按顺序从门口逃离。

火越来越大了，浓烟滚滚，哼哼猪拿起一条毛巾，用桌上的一杯饮料把毛巾弄湿后，把嘴和鼻子蒙住，快速地来到冷饮机跟前，把开关打开，用大杯子接满冷饮后就往火上泼。

不一会儿，大火就被冷饮浇灭了。

大家这才安静下来。

"好聪明、好勇敢的哼哼猪啊！"冷饮店老板小蜜蜂飞到哼哼猪面前，"谢谢你！"

"真不好意思呀！"哼哼猪挠着后脑勺说，"我浪费了很多蜂蜜可乐！"

"没什么！"小蜜蜂不在乎地说，"如果大火把冷饮店全烧光了，那损失可就大啦！"

童话镇的居民们都向哼哼猪表示感谢。

又地震啦

突然，哼哼猪发现桌子上的杯子开始轻微晃动起来，杯子里的饮料不停地荡漾着。

"要地震啦！"哼哼猪大声地对大家喊着，"快离开玻璃，往我这边跑，往桌子下边藏！"

"爽歪歪"冷饮店的门窗都镶嵌着大块的玻璃，大家听见哼哼猪的话，都快速地向中间的桌子靠拢。

"爽歪歪"冷饮店开始晃动了几下，玻璃"稀里哗啦"地碎裂着。

过了一会儿，"爽歪歪"冷饮店恢复了正常，大家陆续从桌子底下钻了出来。

"好危险啊！"小白兔紧张地拍着胸口说，"我刚才就在玻璃窗前，如果我不离开的话，后果可真是太可怕啦！"

居民们都七嘴八舌地向哼哼猪表示感谢。

"幸亏我学习过火灾和地震的自救知识！"哼哼猪认真地对大家说，"希望大家都要学习这些知识！"

大家纷纷点头，说："我们一定会好好学习的！"

　　"为了感谢哼哼猪，我决定，"冷饮店老板小蜜蜂严肃地向所有居民大声宣布，"奖给哼哼猪一大桶蜂蜜可乐！"

　　居民们全都鼓掌欢呼起来。

第二辑
阿乌猫钓鱼

❀ 小田鼠的冬天

下了一夜的雪。

小田鼠吉吉家的洞口被厚厚的白雪封住了。

小田鼠吉吉的家里有爸爸、妈妈、弟弟和妹妹。

吉吉是一只喜欢写诗的小田鼠。

家里的食物越来越少，吉吉的爸爸和妈妈开始发愁了。

吉吉还是写着诗。

现在，吉吉一家五口每天只能分吃五粒花生了。

"妈妈，我饿啦！"吉吉的妹妹又哭又喊起来。

"我的肚子也咕咕直叫呢！"弟弟也着急地说。

吉吉的爸爸和妈妈看着它们又摇头又叹气。

吉吉把自己刚分到的一粒花生咬开两半儿，分给了妹妹和弟弟。

吉吉还是写着诗。

又过了几天，吉吉一家五口每天只能分吃一粒花生了。

妹妹和弟弟总是喊饿。

吉吉的爸爸和妈妈连摇头和叹气的力气都没有了。

"我给你们朗诵一首诗吧！"吉吉说。

妹妹好奇地问："诗能吃吗?"

弟弟也问："能吃饱肚子吗?"

爸爸和妈妈看了看吉吉，又都闭上了眼睛。

"冬天来了，春天还会远吗?"吉吉开始抒情地朗诵起来，"不远啦，白雪马上就会融化，春风已向我们吹来，我们不喜欢的阳光，正在唤醒所有睡觉的植物!"

吉吉的妹妹、弟弟，还有爸爸和妈妈，听着吉吉的诗朗诵，脸上都渐渐地露出了微笑……

就这样，当最后一粒花生吃完后，春天终于来了!

🌸 想开糖果店的肥肥熊

童话城的肥肥熊最喜欢吃蜂蜜了。

肥肥熊十分聪明，用蜂蜜研制出了好多种糖果。

肥肥熊想让更多的童话城居民吃到他研制出来的蜂蜜糖果，就去蜜蜂城堡找蜂王商量，想要合伙开一家糖果店。

蜂王听完肥肥熊的想法后，想了一会儿，又看了看肥肥熊说："瞧你这么胖，肯定会把蜂蜜全吃光的！我不同意跟你合作，你快点儿走吧！"

肥肥熊还想要说话，蜂王不高兴地命令身边的蜜蜂士兵："这里不欢迎喜欢吃蜂蜜的熊！"

肥肥熊只好失望地转身离开蜜蜂城堡。

突然，肥肥熊发现两条黑影在蜜蜂城堡前闪过。

肥肥熊急忙躲在一棵大树后，等两条黑影走近时，肥肥熊这才看清楚——原来是大灰狼和狐狸！

大灰狼和狐狸拿着铁镐，开始破坏蜜蜂城堡的城墙。

肥肥熊心想："准是这两个家伙要偷蜂蜜！我要帮助蜜蜂们！"

肥肥熊突然从大树后闪出来，大声喊起来："不许搞破坏，不许偷蜂蜜！"

这下可把大灰狼和狐狸吓坏了，转身要逃跑。他们抬头一看，是肥肥熊，又都笑了。

大灰狼微笑着对肥肥熊说："我以为是谁呢！你也是来偷蜂蜜的吧？"

"干脆我们合伙干吧！"狐狸也跟着说。

"不许胡说！"肥肥熊生气地指着大灰狼和狐狸，"你们快点儿滚开，不然的话，我可就不客气啦！"

大灰狼和狐狸不听肥肥熊的话，继续破坏蜜蜂城堡。

肥肥熊就晃着肥胖的身子，走上前和大灰狼、狐狸打了起来。

肥肥熊虽然胖，可是力气很大，几巴掌抡过去，就把大灰狼和狐狸打得鼻青脸肿。

这时，蜜蜂城堡的士兵们听到了动静，纷纷飞了出来。

吓得大灰狼和狐狸抱头就跑。

蜂王知道事情的经过后，满意地点点头，对肥肥熊说："你是好熊，我不该对你说那些话，我向你道歉！"

肥肥熊傻笑着挠挠脑袋，说："没关系的，这是我应该做的！"

蜂王微笑着点点头："现在我送你几罐蜂蜜，你可以继续研制你的糖果，快到冬天了，等到明年春天，我们再一起合伙开糖果店！"

肥肥熊高兴极了。

冬天来了，肥肥熊把自己研制的糖果全部送给童话城的居民，然后开始冬眠了。

肥肥熊做了一个很长很久的糖果梦……

✽阿乌猫钓鱼

阿乌猫是童话镇里有名的钓鱼能手。

不过，阿乌猫很少去钓鱼，因为它最爱吃的是爆米花。

童话镇上"喷喷香"大饭店的总经理哼哼猪开车去找阿乌猫。

"阿乌猫，可找到你啦！"哼哼猪满头大汗，"给我钓几条大鱼吧，我给你100元动物币！"

阿乌猫闭着眼睛一边吃爆米花，一边慢吞吞地说："我没时间！"

"你不知道，卫生局的鼠局长到我的饭店检查工作……"哼哼猪刚说到这儿，阿乌猫突然眼睛一睁，瞪着哼哼猪大声地吼起来："你给我出去！"

哼哼猪一边擦着汗一边求阿乌猫："帮帮忙吧，只要你钓两条，哪怕只有一条，我给你送一包，不，一大包，不，一大卡车的爆米花！"

"十大卡车我也不要！"阿乌猫生气地说，"你快走吧！"

哼哼猪真的没办法了，只好摇摇头，叹口气，转身开车走了。

阿乌猫看哼哼猪开车走远了，这才把手里的那包爆米花放在桌上，然后从柜子里拿出钓鱼的工具，背在身后就出门了。

阿乌猫来到河边，一会儿就钓到了三条大鲤鱼。

阿乌猫高兴地提着三条大鲤鱼往回走。

阿乌猫来到花斑狗家，把一条鱼送给花斑狗，原来花斑狗的妈妈生病了。

阿乌猫又来到小刺猬家，把一条鱼送给小刺猬，原来小刺猬的爸爸把腿摔伤了。

最后，阿乌猫来到卫生局鼠局长的奶奶家，原来鼠奶奶的眼睛什么都看不见了，鼠局长也不管她。

阿乌猫用最后一条最大的鲤鱼，给鼠奶奶做了一盘香喷喷的红烧鲤鱼，还有一大盆鲜美的鱼汤呢！

✿ 小乌龟送信

小乌龟尼克正趴在一块大石头上晒太阳。

邮递员小刺猬扎克一瘸一拐地走过来。

"尼克！"扎克大声喊。

尼克抬头一看是扎克，急忙问："你怎么啦，扎克？"

"我的腿摔坏了！"扎克说。

尼克着急地说："我背你去医院吧！"

"可是我还有一封信没有送给小白兔吉米呢！"扎克也着急地说，"我想请你帮我把信送到！"

尼克想了一下，点点头说："好吧，可是我行动慢，不会误事吧！"

扎克说："可是，我不送，你也不送，小白兔吉米收不到信，会更误事的！"

"那好吧！"尼克接过信对扎克说，"我先背你去医院，去小白兔吉米的家正好路过医院！"

就这样，尼克先把扎克送到医院，然后拿着信开始往小白兔吉米家爬去。

小白兔吉米家并不太远，可对小乌龟尼克来说，需要很长的时间呢！

尼克爬呀爬呀，天黑了，尼克也累了，可是才爬了一半的路程。

"不行，一定要赶在明天早晨前把信交给吉米！"尼克小声地对自己说。

尼克停下来，喘了几口气，就继续爬呀爬呀。

当小白兔吉米还躺在床上做着美梦的时候，一阵敲门声把它惊醒了。

"是谁呀？"吉米一边打着呵欠，一边起床开门，"这么早！"

吉米打开门一看，原来是小乌龟尼克，尼克累得呼哧直喘，手里还拿着一封信。

"尼克，你这是……"吉米惊奇地问。

"邮递员扎克腿摔坏了，让我把信送给你！"尼克说。

"那你一直爬到现在？"吉米接过信问。

"我行动慢，怕误了你的事！"尼克不好意思地说，"这么早把你叫醒，你不会怪我吧！"

"为什么要怪你呢？"吉米认真地说，"我应该向你学习呀！"

❀ 鲜花献给谁

童话镇的 THTV（童话电视台）表演大厅里，卡拉 OK 大赛选拔赛正在现场直播。

参加比赛的动物好多呀，谁能入选进入决赛呢？

你看，一耳鼠阿吉也来参加啦！

阿吉唱得真好听，评委席上的评委们除了歌唱家花斑狗巴尔，都给阿吉打了最高分。

"一只耳朵，多难看啊！"巴尔不服气地小声嘀咕着。

旁边的歌星小白兔吉米听到了，很生气地说："这有什么关系呢，只要歌声好听，一样会给大家带来美的享受啊！"

歌唱家巴尔低下脑袋，不再嘀咕了。

比赛结果出来了，哼哼猪和一耳鼠阿吉并列获得了选拔赛的冠军。

哼哼猪和一耳鼠阿吉高兴地举起大奖杯，台下照相机的闪光灯闪个不停。

这个时候，歌星小白兔吉米捧着一大束鲜花走上舞台，把鲜花献给了一耳鼠阿吉。

哼哼猪惊讶得张大了嘴巴。一耳鼠阿吉惊喜地接过鲜花："谢谢你，真没想到大歌星吉米能给我献花！"

"你唱得很好，继续努力吧！"歌星吉米微笑着对阿吉说。

哼哼猪不服气地插了一句："凭什么给它献花呀，它可是一只耳啊！"

歌星吉米生气地大声对哼哼猪说："一只耳怎么啦？只要它能给大家带来快乐，就要受到大家的尊重！"

哼哼猪红着脸低下了头。

歌星吉米转过头微笑着对阿吉说："祝你在总决赛中取得好成绩！"

一耳鼠阿吉激动地大声说："谢谢鼓励，我一定会继续努力的！"

❀ 我不怪你啦

玛莎是一只非常可爱、非常懂事的小狐狸。

玛莎最喜欢在草丛里和小蝴蝶一起玩儿。漂亮的小蝴蝶飞得很低，在草丛里就像一朵飞舞的花儿！

可爱的玛莎追呀、蹦呀、跳呀，好快活啊！

"不要和狡猾的狐狸一起玩儿！"小刺猬扎克突然出现了。

"为什么呢？"小蝴蝶问扎克，"'狡猾'是什么意思呢？"

"我听妈妈对我说过，狐狸骗吃乌鸦嘴里的肉！"扎克神气地说着，"'狡猾'就是'骗'的意思！"

"真的吗？"小蝴蝶又问小狐狸玛莎。

玛莎难过地说："我没有骗过谁啊！"

"你现在不骗，以后也会骗的！"扎克说完就走了。

小蝴蝶想了想，就信了小刺猬扎克的话，也飞走了。

"小蝴蝶，你不要走啊！"小狐狸玛莎哭着喊，"我不是'狡猾'的狐狸，我谁也不会骗！"

小蝴蝶还是往前飞，当它将要飞过一棵很高的苍耳时，它的一只翅膀被苍耳上的尖刺儿扎住，飞不起来了。

小蝴蝶一边扑扇另一只翅膀，一边大声喊着："救命！快来救救我！"

小狐狸玛莎听见了小蝴蝶的呼喊，看见了它的窘境，就快速地向小蝴蝶跑去。

很快，小蝴蝶又能飞啦！

"谢谢你！"小蝴蝶感激地对玛莎说，"你是最善良的小狐狸，我不应该相信扎克的话，你还怪我吗？"

"我不怪你啦！"小狐狸玛莎微笑着说，"谁都有做错事的时候，只要能改正，就是好孩子！"

✿我自己能行

瘸鸭达克从很小的时候，腿就摔瘸了。

瘸鸭达克很懂事，自己能做的事，总是自己来完成。它常说的一句话就是："我自己能行！"

早晨，达克起来穿衣、刷牙、洗脸，吃完妈妈做的早餐后，就自己背起书包去上学了。

达克一瘸一拐地走在上学的路上。

这时，猪妈妈背着哼哼猪追上了达克。

"你为什么不让你妈妈背你上学去呢？"哼哼猪奇怪地问达克。

"我自己能行！"达克说完继续一瘸一拐地往前走。

哼哼猪想了想，就对妈妈说："妈妈，放我下来吧，我也要像达克一样，我自己能行！"

猪妈妈听完哼哼猪的话后，高兴地把哼哼猪放下来："真是我的好孩子！"

达克和哼哼猪一起走在路上，它们成了好朋友。

放学了，达克和哼哼猪又一起走在回家的路上。

正当它们路过一个小水坑时，突然一辆卡车飞快地迎面开过去，"呼"的一声，车轮把小水坑里的脏水溅了起来，把达克和哼哼猪的衣服都弄脏了。

"唉，这么脏！"哼哼猪看着自己的脏衣服说，"回家让妈妈洗吧！"

　　达克指着前边说："那里有条小溪，我自己去洗衣服！"

　　"你为什么不让你妈妈洗呢？"哼哼猪惊讶地问。

　　"我自己能行！"达克一边一瘸一拐地走，一边大声地回答。

　　哼哼猪挠着后脑勺想了想，突然跑起来，追上了达克："我也要自己洗衣服，我自己能行！"

不和谐的音符

童话镇要举办一场大型音乐会。

童话音乐团小白兔团长邀请著名的作曲家小刺猬扎克创作了一首大型器乐合奏曲《童话狂欢曲》。

作曲家小刺猬扎克亲自指挥演员们演奏这支曲子。

"停！"扎克突然大喊一声，用指挥棒指着乐队里吹小号的大灰狼哈克说，"你，就是你，你怎么吹跑调啦？"

"对不起，我下次注意！"大灰狼哈克微笑着点头说。

扎克继续指挥，突然又大喊："停！哈克，你怎么又吹跑调啦！"

哈克急忙站起来，指着小号说："对不起，扎克先生，可能我的小号出了点儿小毛病，我再换一个吧！"

哈克又换了一个小号。

扎克摇摇头，又开始继续指挥。

突然，乐队里发出打喷嚏的声音，扎克看到大灰狼哈克正在用手帕擦鼻子。

"太糟糕啦！"扎克停止指挥，对着哈克大声喊，"请你马上离开乐队！"

"为什么？"大灰狼哈克不服气地问扎克。

"因为这首曲子里出现了不和谐的音符!"扎克严肃地说,"乐队里的演员只有相互协作,才能演奏出完美的曲子!请你马上离开这里!"

　　乐队演员们也都七嘴八舌地批评起大灰狼哈克来。

　　哈克满脸通红,向扎克躬了一躬,认真地说:"对不起,我保证再也不会发生这种事啦!"

　　扎克想了一下,又把指挥棒一举,大声地说:"现在,大家重新开始演奏这支曲子!"

　　演奏又开始了,从头到尾,再也没有出现不和谐的音符。

✿ 我们为什么输了呢

童话镇正在举行足球比赛。

红队和蓝队的球员们在足球场上你争我抢着。

足球解说员小鸭达克突然大声地喊起来："射门！进了！1 比 0！蓝队领先一分！"

红队教练员小刺猬扎克生气地冲着球员哼哼猪喊："你为什么不把球传给阿乌猫？"

"我……"哼哼猪小声地说，"我没看见它呀！"

"你瞎说！"阿乌猫生气地对哼哼猪说，"我就在你的对面，我还向你喊来着，你就是不传给我，却把球传给了很远的花斑狗巴尔，被对方球员大灰狼哈克截住射门啦！"

"这是为什么？"扎克大声地冲着哼哼猪喊。

"我知道了！"阿乌猫说，"昨天我和哼哼猪争吵起来了，它一定还在生我的气呢！"

"简直是胡闹！"扎克更加生气了，"这可是比赛，赛场上不能有私心，大家要团结起来，才能取得胜利啊！"

哼哼猪听完扎克说的话，难过极了，它对扎克说："是我错啦！"

扎克严肃地对球员们说："我们为什么输了呢？就是因为没有

团结起来啊！"

哼哼猪哭了："是我错了，影响了球队的荣誉！"

阿乌猫走到哼哼猪面前，认真地说："对不起，我不应该惹你生气，我向你道歉！"

扎克又说："现在大家团结起来组织进攻，还来得及！"

哼哼猪握住阿乌猫的手认真地说："我们一定要团结起来，争取胜利！"

比赛又开始了，哼哼猪和阿乌猫积极配合，不一会儿就把球射进了对方的球门。

到比赛快要结束的前几分钟，阿乌猫把球传给哼哼猪，哼哼猪跳起来凌空一脚，球又进啦！

最后红队 2 比 1 获胜。

✽ 你一定能行

阿乌猫、哼哼猪和瘸鸭达克一起向花斑狗巴尔学习开汽车。

阿乌猫、哼哼猪和瘸鸭达克学车都非常认真，进步也很快。

童话镇要举办汽车比赛，花斑狗巴尔决定从它的三个徒弟中选出一位去参加比赛。

阿乌猫抢先对巴尔说："让我去吧，师傅！我反应快！"

"让我去吧，师傅！"哼哼猪也说，"我的驾驶技巧高！"

花斑狗巴尔没说话，把目光投向瘸鸭达克。

达克红着脸，低下了头，没有说话。

巴尔微笑着点点头说："我决定了，让达克去参加汽车比赛！"

"为什么？"阿乌猫和哼哼猪都把眼睛瞪得大大的，不相信巴尔会做出这样的决定。

"因为我是你们的师傅！"巴尔严肃地说，"在反应能力和驾驶技巧方面，达克虽然比不上你们，但是有一样你们都没有！"

"是什么？"阿乌猫和哼哼猪一齐问。

巴尔从嘴里吐出四个字："冷静稳重！"

阿乌猫和哼哼猪还是不明白。

巴尔继续说："参加比赛除了能力和技巧以外，更重要的是冷静稳重，这样才可能有赢的机会！"

阿乌猫和哼哼猪都不再说话了。

瘸鸭达克看着巴尔问："师傅，我行吗？"

"当然行啦！"巴尔微笑着拍拍达克的脑袋说，"我信任你，你一定会赢的！"

"放心吧，师傅！"达克大声地对巴尔说，"我一定努力！"

✿谁的梦想最好

童话镇的童话小学正在上语文课。

山羊老师在黑板上写下了"梦想"两个大字。

"请同学们用这个词造一个句子!"山羊老师转过身来对讲台下的学生们说,"一会儿我提问!"

学生们有的在思考,有的拿起笔写起来。

过了一会儿,山羊老师开始提问。

"阿乌猫,你先念一下你的造句!"山羊老师说。

阿乌猫站起来大声地念:"我的梦想是成为机器猫,什么事都能实现!"

山羊老师点点头,又说:"哼哼猪,你来念一下!"

哼哼猪站起来念:"我的梦想是成为最有名的厨师,做出好多好多好吃的!"

大家都笑起来。

山羊老师微笑着捋着胡须说: "不错,下面再请吉吉鼠念一下!"

吉吉鼠站了起来,拿着本子念:"我的梦想是变成一只永远做好事的小老鼠!"

山羊老师点着头说:"很不错!"

接着花斑狗巴尔念自己的造句："我的梦想是当一个警察，抓住所有干坏事的坏蛋！"

瘸鸭达克的造句是："我梦想自己是一只会飞的鸭子！"

小白兔吉米的造句是："我的梦想是成为一名歌星、舞星、影视明星！"

山羊老师非常满意地点头微笑，它捋着胡须说："同学们的造句都很好，我想请大家评论一下，谁的梦想最好！"

同学们都想了一会儿，然后七嘴八舌地评论起来。

最后，山羊老师让大家安静下来，它说出了自己的想法："谁都有一个美好的梦想，但是能把自己的坏习惯改好的梦想，才是最好的梦想！"

听山羊老师这么说，大家都把目光投向了吉吉鼠。

吉吉鼠挠着后脑勺，有点儿不好意思地笑了。

✿ 今天的野果最甜

小刺猬扎克最喜欢吃野果了。

可是，今天它吃不到野果了，因为它的妈妈生病了。

没有香甜的野果吃，扎克很不高兴，可是令它难受的是妈妈病得很厉害。

"今天我自己去找野果！"扎克对自己说，"妈妈吃了我找的野果，病就会马上好起来的！"

于是，小刺猬扎克就自己走出洞，找野果去了。

找哇找哇，扎克终于发现了一棵长满野果的小矮树。

小树很矮，可是对小刺猬扎克来说，也挺高呢！

扎克费了好大的力气，才爬上去摘下了几颗小野果。

扎克从树上下来后，从地上捡起一颗小野果咬了一口："啊——呸！真酸啊！"

扎克把野果扔了，又去咬另一颗，还是酸的，扔了再去咬另一颗，结果这几颗野果都是酸的。

"我要找到最甜的野果！"小刺猬扎克大声对自己说，"我再去找！"

扎克又连续找到了几棵长着野果的小矮树，都不满意。它继续找，最后终于找到了最甜的野果。

扎克吃饱了野果，又把几颗小野果扎在自己背上的尖刺上，高高兴兴地回到了家里。

"妈妈，这是我找到的野果！"扎克把一颗小野果递给了妈妈，"可甜啦！"

扎克的妈妈微笑着咬了一口小野果："嗯，是很甜！"

扎克高兴地对妈妈说："妈妈，我今天吃到的野果是最甜的！"

"你说得很对！"扎克的妈妈微笑着问扎克，"你知道这是为什么吗？"

扎克挠挠后脑勺，想了想回答："因为这是我自己找到的野果！"

"对呀！"扎克的妈妈认真地说，"只有用自己辛苦的劳动才能换来香甜的果实！"

🌸 采花粉的瘸蚂蚁

瘸蚂蚁马丁在草丛里快乐地寻找着食物。

马丁路过一朵牵牛花时，身后传来细微的声响，马丁回头一看——是一只小蜜蜂！

"小蜜蜂，你怎么啦?"马丁一瘸一拐地走到牵牛花下抬头问。

"我的翅膀被苍耳上的尖刺扎了一下!"小蜜蜂坐在牵牛花上说，"休息一下就会好的!"

"那让我陪陪你吧!"马丁费了好大的劲才爬到牵牛花上。

小蜜蜂高兴地对马丁说:"谢谢你!"

马丁摆摆手说:"没关系的，我来帮你采花粉吧!"

"采花粉是很累的活啊!"小蜜蜂摇摇头，"你身子那么小，不可以的!"

"我不怕!"马丁神气地说，"我们蚂蚁和你们蜜蜂一样，都很勤劳，不怕吃苦!"

马丁开始采起花粉来。

一只小蝴蝶飞过来，看见马丁在采花粉，惊讶地喊起来:"真奇怪，蚂蚁怎么采起花粉来啦?"

马丁擦了擦头上的汗说:"我在帮小蜜蜂采花粉呢，小蜜蜂的翅膀受伤了!"

"小蚂蚁的心真好！"小蝴蝶飞落在另一朵牵牛花上，"我也帮小蜜蜂采花粉！"

马丁和小蜜蜂一齐说："谢谢你！"

马丁和小蝴蝶开始采起花粉来。

小蝈蝈儿、小螳螂也来了，最后也加入了采花粉的行列。

过了一会儿，小蜜蜂的翅膀可以扇动了，很快就又能飞了。

大家帮小蜜蜂采了好多的花粉。

小蜜蜂向大家表示感谢后，拿着花粉飞回蜂巢，把这件事告诉了蜂王。

蜂王很感动，对小蜜蜂说："我们要感谢这些好朋友，你和几个伙伴拿着蜂蜜可乐送给他们吧！"

小蜜蜂高兴极了，和几个伙伴拿着蜂蜜可乐飞到自己曾经停落的牵牛花上，可是马丁、小蝴蝶、小蜻蜓、小蝈蝈儿和小螳螂他们都已经离开了。

"这可怎么办呢？"一个伙伴说。

"没关系的！"小蜜蜂对伙伴们说，"我们现在就去寻找他们，他们不会离得太远的，因为他们都有爱心，肯定在帮助别的小动物呢！"

✿ 我是好狼哈克

大灰狼哈克走进了童话镇的大超市。

超市里摆放着好多好多好吃、好看、好玩的东西，哈克看得眼睛都花啦！

哈克来到他最喜欢吃的火腿肠前，口水都不知不觉地流了出来。

可是，哈克的口袋里一分动物币都没有。

"我拿走一根吧！"哈克小声地对自己说，"没谁会发现的！"

哈克拿起一根火腿肠，突然他又马上把火腿肠放回到货架上。

"我不能拿！"哈克又对自己说，"我是好狼哈克！"

哈克用舌头舔了舔嘴巴，又咽了咽口水，又伸手拿起一根火腿肠，对自己说："就这一次，下次一定不拿啦！"

哈克看了看周围，只有自己，他急忙把火腿肠塞进口袋，然后往外走。

快走到收银台的时候，哈克又停了下来，他又对自己小声地说："这不是拿，这是偷啊！"

哈克想起了山羊老师的话："偷东西不是好孩子！"

哈克从口袋里掏出火腿肠看了半天，自言自语地问："拿还是不拿呢?"

　　最后,哈克转身又来到摆放火腿肠的货架前,把火腿肠放了回去。

　　哈克又转过身来大步地往外走,他边走边对自己大声地说:"我是好狼哈克!"

✿被咬过的蘑菇

夏天，小松鼠艾斯采集了很多蘑菇。

艾斯高兴地对自己说："这些蘑菇足够我过一个冬天啦！"

秋天到了，艾斯不再去采集食物了。

艾斯的邻居小松鼠劳斯每天还在忙着采集食物。

这天，劳斯路过艾斯住的松树下，一个东西掉下来砸在了劳斯的脑袋上。

劳斯一边摸着脑袋，一边抬头往上看，原来是艾斯正在吃蘑菇呢。

劳斯低头再看砸它的东西，原来是一个被咬了一口的蘑菇。

劳斯冲艾斯大声喊："艾斯，你怎么只咬了一口就把蘑菇扔掉啦！"

"没关系的！"艾斯又把一个只咬了一口的蘑菇扔下来，"我有好多的蘑菇呢！"

"扔了多可惜呀！"劳斯把地上的两个被咬过的蘑菇捡起来，带回自己的家。

"扔几个蘑菇有什么了不起的！"艾斯不在乎地又拿起一个蘑菇咬了一口，又扔了……

冬天来了，一场大风雪过后，小动物们都很少出来活动了。

过了不久，小松鼠艾斯的食物吃完了。

春天还早着呢，艾斯饿得头昏眼花。

没办法，艾斯敲开了小松鼠劳斯家的门。

劳斯听说艾斯来向它借食物，就把艾斯请进家里，端出一篮子蘑菇送给它。

"真是太感谢你啦！"艾斯捧着篮子向劳斯表示感谢。

"不用谢我！"劳斯摆摆手说，"这些都是你扔掉的！"

艾斯惊讶地仔细再看篮子中的蘑菇，真的每一个蘑菇都有被咬过的痕迹。

艾斯的脸一下子红了，它不知道说什么好了。

劳斯认真地对艾斯说："救你的正是你以前扔掉的，你明白了吧！"

艾斯想了一下，点点头说："我明白了，只要是有用的东西，就要去珍惜！"

❀站在雨中的大公鸡

刚才还是晴空万里呢，谁想到，突然下起了瓢泼大雨。

童话镇里的居民们都手忙脚乱地躲起雨来。

咦？大公鸡怎么还站在大雨中，一动不动呢？

这是怎么回事呢？

童话镇的警察花斑狗巴尔看到了，急忙穿上雨衣，拿着一把雨伞跑到大公鸡面前。

"你站在这里干什么？"巴尔把雨伞打开递给大公鸡，"你怎么不躲雨呢？"

"我在等我的小弟弟呢！"大公鸡接过雨伞，"谢谢你！我的小弟弟去买爆米花了，我怕它找不到我——它第一次和我出来——所以，我必须在这儿等它。"

"哦，是这样呀！"巴尔又问，"那你怎么不和它一起去买呢？"

大公鸡回答："我想让它养成自己的事情自己做的习惯！"

巴尔点点头说："你做得很对！我们一起等它吧！"

雨还在下着。

巴尔和大公鸡站了一会儿，突然大公鸡把雨伞收了起来。

巴尔惊讶地问："你为什么收起雨伞呢？"

"我怕我的小弟弟看不见我！"大公鸡认真地回答，"它看不到我，会哭的！"

"哦，是这样啊！"巴尔点点头，"你真是一个好哥哥啊！"

"哥哥！"小公鸡正在一家商店的门口大声喊。

大公鸡也大声喊："弟弟，别动，我去接你！"

大公鸡马上打开雨伞，跑到商店门口，和小公鸡一起站在了雨伞下。

警察花斑狗巴尔看着大公鸡和它的小弟弟在雨中走远的背影，满意地点点头，笑了。

✿ 我们握握手吧

童话镇的童话电视台（THTV）记者吉吉鼠扛着摄像机来到钓鱼能手阿乌猫的家里。

吉吉鼠对阿乌猫说："我想把整个你钓鱼送给那些需要帮助的小动物的事拍摄下来！"

阿乌猫不好意思地摆摆手说："还是不要拍了吧，这是我应该做的啊！"

吉吉鼠一边调整摄像机镜头一边认真地对阿乌猫说："帮助小动物是你的责任，宣传好动物好事情是我的责任，我们要互相配合才对呀！"

阿乌猫想了一下，点点头同意了。

"那我们握握手吧！"吉吉鼠伸出手来对阿乌猫说，"先祝我们合作成功吧！"

阿乌猫也伸出手来握住吉吉鼠的手，认真地说："我一定好好配合你！"

"那么，我们先去河边钓鱼吧！"吉吉鼠扛起摄像机对阿乌猫说。

阿乌猫微笑着说："好的，我去拿鱼竿！"

✿ 我还要继续努力

小刺猬扎克是童话镇里有名的童话作家。

哼哼猪是扎克的学生，它创作的长篇童话《小猪哼哼求学记》在《童话画报》上连载，很受童话镇居民的欢迎。

《童话画报》记者采访了它，并发表了一篇关于它的文章，童话电视台（THTV）记者专访哼哼猪并将内容播放，童话出版社也准备出书……

哼哼猪开始骄傲起来，每天开始参加各种活动，童话也不写了。

小刺猬扎克好几次劝告哼哼猪要努力学习，认真创作，可哼哼猪总是听不进去，继续忙着参加各种活动。

过了不久，小刺猬扎克创作的长篇童话《小刺猬草丛历险记》出版了，童话镇的居民们争着买这本童话书。

《童话画报》的记者小狐狸玛莎和童话电视台（THTV）的记者吉吉鼠都来采访童话作家小刺猬扎克。

小刺猬扎克叼着大烟斗坐在书桌前，它的学生哼哼猪站在它的身后。

小刺猬拿着大烟斗在麦克风和摄像机镜头前一挥，大声地说："我写童话就是给大家带来快乐，大家喜欢我的童话是对我最大的鼓励，我还要继续努力！"

小狐狸玛莎又把麦克风伸到哼哼猪面前问："请问哼哼猪先生，您最近又写出了什么好童话呀？"

吉吉鼠急忙把摄像机镜头对准了小刺猬扎克身后的哼哼猪。哼哼猪的脸一下子就红了，张大了嘴巴说不出话来。

❀ 不许欺负它

大灰狼哈克在童话镇里经常欺负小动物。

你看——小白兔吉米又被哈克吓哭了。

这时，哼哼猪手里拿着一根棒棒糖，一边用舌头舔一边走了过来。

"你给我站住！"哈克大声对哼哼猪喊，"你手里拿的是什么？"

"棒……棒糖啊。"哼哼猪害怕地回答。

哈克伸出长舌头舔了一下嘴巴，大声地说："快把它给我！"

"它是我的！为什么要给你？"哼哼猪生气地问。

"你不给我？"哈克咧开嘴巴，露出了尖尖的牙齿，把拳头在哼哼猪的眼前一晃，生气地说，"小心我揍你！"

"我就不给！"哼哼猪把棒棒糖藏在了身后。

哈克一只手抓住哼哼猪的衣领，一只手握成拳头就要揍哼哼猪。

"住手！不许欺负它！"声音很大，大灰狼哈克吓了一大跳。他四处找了半天，没看见有谁啊，再低头一瞧，笑了——原来是小刺猬扎克！

"哈哈哈，是你呀！"哈克一点儿也不在乎地说，"你少管闲事，再管我就对你不客气啦！"

"不许你欺负它！"小刺猬扎克大声说，"我不怕你！"

哈克生气了，松开哼哼猪的衣领，举起拳头向小刺猬扎克砸去。

扎克急忙把自己缩成一个刺球，尖刺儿把哈克的手扎出血了。

"哎哟，疼死我啦！"大灰狼哈克疼得嗷嗷直叫。

哼哼猪和小白兔吉米高兴地拍着手说："活该！谁让你欺负我们啦！"

哈克露出又长又尖的牙齿，正要向哼哼猪和小白兔吉米扑去，就听小刺猬扎克说："你再欺负小动物，我就报警，让警察花斑狗巴尔把你抓起来！"

大灰狼哈克一听"警察花斑狗巴尔"，害怕了，转身夹着尾巴逃跑了。

✿ 我相信我自己

瘸鸭达克报名参加了童话镇童话电视台（THTV）举办的才艺大比拼。

"你要表演什么才艺呢？"主持人小白兔吉米拿着麦克风问达克。

"跳舞唱歌！"达克对着麦克风大声地回答。

评委席的花斑狗巴尔和观众席上的哼哼猪都哈哈大笑起来。

"你真的能行吗？"小白兔吉米又问达克。

"我相信我自己！"达克又大声地回答。

瘸鸭达克开始随着音乐的节奏跳起舞来，还演唱了自己写的儿歌《鸭步舞》：

小鸭子，跳起舞，

什么舞？鸭步舞！

一扭一拐真是酷，

嘴里又敲锣来又打鼓！

评委和观众们都被瘸鸭达克的舞步和歌声吸引住了，大家都不由自主地鼓掌叫起好来。

比赛结果出来了，瘸鸭达克以评委的最高分和观众的最多选票获得了才艺大比拼的冠军。

童话电视台（THTV）记者吉吉鼠正在采访瘸鸭达克："尊敬的达克先生，祝贺您获得了才艺大比拼的冠军！对您来说，跳舞和唱歌并不是您最好的选择，您为什么选择了这两个节目呢？"

达克抱着大奖杯，对着摄像机的镜头大声地回答："虽然我是一只瘸鸭，嗓音也很难听，可是我根据自己的弱点，发明了鸭步舞和鸭嗓唱法，我相信我自己，一定能获得成功！"

第二辑 阿乌猫钓鱼

第三辑
在花瓣上散步的小蚂蚁

❀在花瓣上散步的小·蚂蚁

有一只小蚂蚁最喜欢在花瓣上散步了。

它在花瓣上散步的时候，还经常随口朗诵出一些很好听的句子来。

这可是一只会写诗的小蚂蚁呢！

> 百花香有色，
> 万朵闹无声。
> 散步如童话，
> 开心快乐行！

小蚂蚁行走在花瓣上，快乐地又朗诵了四句诗。

这时，一只小蜜蜂唱着"嗡嗡嗡"的歌飞了过来。它停在小蚂蚁正在散步的那朵花的花蕊上，开始采起花粉来。

"休息一会儿吧！"小蚂蚁对小蜜蜂说，"我刚作了一首诗，很好听的，请你帮我谱曲唱出来吧！"

"这可不行！"小蜜蜂还在不停地忙着，"我没时间呀，我要采好多好多的花粉来酿甜甜的花蜜呢！"

"采花粉真的有那么重要吗？"小蚂蚁不明白。

听小蚂蚁这么说，小蜜蜂停了下来，问小蚂蚁："那么，你不去找更多的食物的话，靠什么来过冬呢?"

"这个……"小蚂蚁回答不上来了，它开始认真地思考起这个问题来。

❀ 想荡秋千的瘸蚂蚁

春天来啦！

这对刚从洞里出来的小蚂蚁们来说，是多么高兴的事啊！

是的，草丛醒了，河水也欢笑起来，还有岸边柳树们的细长头发也越来越柔软了，它们都用绿色来欢迎春天的到来！

"可是，我用什么来欢迎春天呢？"一只瘸蚂蚁坐在一棵柳树下伤心地对自己说，"我多想荡一荡柳树秋千啊！可是……"

瘸蚂蚁看着放在身旁的双拐，哭了起来。

"我可以帮助你呀！"一个声音从瘸蚂蚁的脑袋上传来，它吓了一大跳，赶紧拄起双拐站起来，抬起小脑袋向上一看，原来是一只小蜜蜂！

"你好，小蜜蜂！"瘸蚂蚁礼貌地向小蜜蜂打招呼。

"你好！你不认识我了吗？"小蜜蜂飞到瘸蚂蚁面前，一边不停地扇动翅膀一边微笑着说，"去年夏天，是谁从苍耳的尖刺上把我救下来了呀？"

瘸蚂蚁愣了一下，突然惊叫起来："哦，是你呀！你就是那只让我坐上去的会飞的轮椅啊！"

"是呀！"小蜜蜂落在地上，"你是为了救我才摔成这个样子的，为了再次感谢你，来吧，坐上来吧，我马上让你荡秋千！"

"真的吗？那可太谢谢你啦！"瘸蚂蚁拄着双拐，踩上小蜜蜂的翅膀，走到了它的背上，然后坐下来。

"现在可以飞啦！"小蚂蚁说。

小蜜蜂又扇动翅膀飞起来，它飞到柳树垂下来的枝条中间。

"快抓住它！"小蜜蜂在一根细长的柳条前不停地扇动翅膀对瘸蚂蚁喊。

瘸蚂蚁马上明白了，突然抓住了那根柳条，它的身子一下子就离开了小蜜蜂的背。

风儿轻轻地吹着，柳条也轻轻地一摇一摆地荡着。

"啊——多么好的秋千呀！"瘸蚂蚁抱着摇荡的柳条，激动得大声惊叫起来。

小蜜蜂呢？它驮着瘸蚂蚁的双拐，也高兴地飞在瘸蚂蚁的身边，还高兴地唱起好听的歌来。

❀ 蛋糕上的白云奶油

有一朵小白云，它刚刚出生，就在天空中自由地跳着优美灵活的舞蹈，很调皮呢！

它和几只小鸟玩了一会儿捉迷藏，有点儿累了，就悄悄地落在一棵老榆树的头上，也不休息，开始偷偷地给老榆树爷爷挠痒痒。老榆树爷爷止不住哈哈大笑起来。

一只小刺猬两手端着一盘蛋糕一边哭一边走到老榆树底下。

"这可怎么办呢？呜呜呜……"

小白云听见了，就马上飞到小刺猬面前问："你为什么哭哇？"

小刺猬被小白云的突然出现吓了一跳，可它没有马上缩成一小刺球，因为它两只手还端着一盘蛋糕呢！

"是你呀，小白云！"小刺猬说完又掉泪了，"我……我把蛋糕上的奶油全……全都吃光啦！"

"这是你的蛋糕呀！"小白云不明白，"你为什么这么伤心呢？"

"可是……这是我送给小田鼠的生日蛋糕啊！"小刺猬伤心地看着没有奶油的蛋糕说，"小田鼠什么也看不见了，它还从来没有吃过奶油蛋糕呢！"

小白云绕着蛋糕转了好几圈，突然它高兴地说："有了，就让我来当蛋糕上的奶油吧！"

"什么?"小刺猬惊讶地看着小白云,"那样的话你就要被小田鼠吃掉了呀!"

　　"没关系!"小白云不在乎地说,"我没有甜的味道,可是我可以在小田鼠的嘴里跳舞,它一定会很开心的!"

　　"你可真好!"小刺猬又伤心地哭着对小白云说,"都怪我,嘴太馋啦!"

　　"你不要太难过!"小白云劝小刺猬,"我是云,是水蒸气变成的,小田鼠吃了我,我还会从它的身体里出来的,还会再变成一朵小白云呢!"

　　"真的呀!"小刺猬听小白云这么说,就不哭了,它高兴地端着生日蛋糕说,"那太好啦,小田鼠吃了你的白云奶油蛋糕,一定会很快乐的!"

❀ 蹦到白云上的绿蝈蝈儿

夏天的早晨，在一片又高又密又大的草丛里，有一只绿蝈蝈儿，它做梦也没想到，自己一下子就蹦到了一朵小白云上！

"你怎么蹦到我的身上来啦！"小白云惊讶地喊叫起来。

"我……我也不知道啊！"绿蝈蝈儿揉了揉眼睛说，"我以为你是一朵很大的白色喇叭花呢！"

"真的吗？"小白云高兴地问绿蝈蝈儿，"我真的像白色的喇叭花吗？"

"像！很像呢！"绿蝈蝈儿开始不紧张了，"我还从来没见过这么大的，而且还是白色的喇叭花呢！所以，我就……"

"好极啦！"小白云更加高兴了，"那只小蚂蚁一定会很开心的！"

"谁？"绿蝈蝈儿吃惊地问，"哪只小蚂蚁？"

"哦，就在我下边的香蒿底下呢！"小白云回答，"它是只瘸蚂蚁，它对自己说想看到大大的白色喇叭花，我听见了，就变成了这个样子！"

"原来是这样呀！"绿蝈蝈儿还要说话，突然听见下面传来一阵欢叫声："我看见大大的白色喇叭花啦！"

"那就是瘸蚂蚁啦！"小白云一动不动地保持着喇叭花的样子对

绿蝈蝈儿说，"太阳开始热啦，我马上就要消失啦！你快点儿跳下去吧，不然会摔着你的！"

"你真是一朵好心的小白云啊！"绿蝈蝈儿有点儿伤心地对小白云说。"能给瘸蚂蚁带来快乐，我会更加快乐的！"小白云刚说完，它开始变得越来越小、越来越轻了。

"快跳下去吧！"小白云的声音也越来越小了，"明天我还会来的！"

绿蝈蝈儿从小白云身上跳到香蒿叶上，它转身大声对小白云喊："再见，小白云！明天我和瘸蚂蚁一起在这儿等你！"

小白云没有回答，它已经消失了……

❀会写童话的烟斗

烟斗会写童话？你骗人！

我是说，只要烟斗一冒烟，童话马上就能写出来！

那烟斗怎么才能冒烟呢？

当然是它的主人点着烟叶后，它才会冒烟呀！

那谁是它的主人呢？

当然是草丛里最出名的童话作家刺猬爷爷啦！

每当刺猬爷爷的烟斗里冒出一缕淡淡的轻烟时，那准是它在写新童话呢！

草丛里的居民们都非常喜欢读刺猬爷爷的童话。

《草丛画报》每天都要发表刺猬爷爷写的新童话。

《草丛画报》的主编小白兔就住在刺猬爷爷家的对面，小白兔只要看见刺猬爷爷家的窗前有一缕缕轻烟冒出，它就开始准备去拿童话稿子啦！

可是今天小白兔等啊等，等了好长时间也不见刺猬爷爷家的窗前冒出轻烟来。

"这是怎么回事？"小白兔想了一下，"可能是刺猬爷爷还在休息吧，再等等吧！"

小白兔又等了一会儿，还没有烟冒出来，小白兔急了，因为《草丛画报》就要开始印刷了，它就跑着来到刺猬爷爷的窗前，伸头往里一看，刺猬爷爷正在着急地到处翻找着什么。

"刺猬爷爷，出什么事啦?"小白兔问。

"唉，"刺猬爷爷一边翻找着，一边叹气，"我的烟斗丢了，我怎么也写不出童话了!"

"什么? 丢啦!"小白兔也急了，就跑进刺猬爷爷的家里，"我也帮您找!"

小白兔和刺猬爷爷又找了好长时间，也没有找到烟斗。

小白兔擦了一把额头上的汗问刺猬爷爷："今天有谁来过吗?"

刺猬爷爷拍拍脑袋想了想回答："没谁来过呀……哦，想起来了，你弟弟小黑兔来过! 它给我送来几根胡萝卜就走了呀!"

"会不会是它拿走了烟斗呢?"小白兔对刺猬爷爷说。

"它拿烟斗能干什么呢?"刺猬爷爷笑着说，"它又不会抽烟!"

"糟糕! 一定是小黑兔!"小白兔一边往外跑一边说，"它说过也要像您一样写童话!"

小白兔一口气跑到了小黑兔的家，推门一看，小黑兔正在书桌前不停地咳嗽着，一只手擦着眼泪，一只手还拿着正冒烟的烟斗。

"你在干什么?"小白兔生气地跑到小黑兔面前，一把抢过烟斗，"你偷刺猬爷爷的烟斗干什么?"

"我……"小黑兔咳嗽了几下，"我以为学刺猬爷爷吸烟斗，就能写出童话来了，谁知……"

"胡闹!"小白兔瞪了小黑兔一眼，"你要误了我的大事啦! 回头我再找你!"

小白兔拿着烟斗，转身又一口气跑回刺猬爷爷的家。

刺猬爷爷有了烟斗，很快就写完了一篇新童话。

《草丛画报》总算及时印刷出版了。

小白兔也长长地吐了口气，拿着一份《草丛画报》转身去找小黑兔去了。

❀ 小蛐蛐儿的呼噜声

草丛的夜深了，小蛐蛐儿们弹奏得越来越起劲儿，可是一点儿也不觉得吵。

草丛里的居民们，如果听不到它们的弹奏，还睡不着觉呢！

不过，不是所有的小蛐蛐儿都在弹奏着，你听——有一只小蛐蛐儿正在打呼噜呢！

"它睡得可真香啊！"一只小田鼠坐在洞口捋着胡须说，"它为我弹奏的时间太长了，它太累啦！"

小田鼠又侧着耳朵听了一会儿，叹了一口气对自己说："唉，可苦了小蛐蛐儿啦！它知道我什么都看不见，爱听蛐蛐儿的弹奏声，所以每天天还没黑，它就开始为我不停地弹奏，多么好的小蛐蛐儿啊！"

小田鼠站起来转身要回洞里，突然它回过头听了听，又小声对自己说："现在我觉得小蛐蛐儿的打呼噜声，比它的弹奏声还要好听呢！"

小田鼠回到洞里，摸索着来到床前，它突然又对自己说："好好睡吧，小蛐蛐儿，现在我明白了，你打的呼噜声才是我最爱听的呀！"

✿躲在草丛里的小·星星

草丛里有一只快乐的瘌刺猬，它最喜爱看天上的小星星啦！

只要夜深人静的时候，瘌刺猬就会坐在或者躺在洞口旁边的香蒿下，看着蓝宝石般的天空上那些一眨一闪的小星星，有时候它还嚼着水果或者花生什么的，它感觉自己是世界上最快乐、最幸福的瘌刺猬啦！

"瘌有什么关系呢？"瘌刺猬没有一点儿苦恼，"没有了快乐，比瘌更可怕！"

瘌刺猬躺在香蒿下看着天上那些一眨一闪的小星星们，都冲着它快乐地微笑着，它感觉很美、很快乐！

突然，有一颗小星星从天空滑落下来，不见了。

"是流星！"瘌刺猬一下子坐了起来，"那颗流星是不是不快乐了呢？"

瘌刺猬的心有点儿紧张，它把目光移到了草丛。

风轻轻地吹着，所有的草也都轻摇着黑影，发出几乎听不到的声响。

"那颗不快乐的星星会落在哪里呢？"瘌刺猬很担心，"我要是能找到它，一定会让它快乐起来的！"

快看哪——瘌刺猬真的看见在不远处的草丛里，躲着一颗忽明忽暗的小星星!

"你真的来了吗?"瘌刺猬又惊又喜,急忙一瘌一拐地向那颗小星星挪去。

可是,那颗小星星又不见啦!

"你躲到哪里去啦?"瘌刺猬站住了,"我一定要找到你!"

过了一会儿,那颗小星星又亮了起来,就在瘌刺猬不远的地方!

瘌刺猬又使劲地朝它挪过去,瞪大了两只眼睛,这才看清——原来在一棵很矮的苍耳上落着一只小萤火虫儿!

"原来是你呀!"瘌刺猬松了一口气,"你这颗躲在草丛里的小星星,可真顽皮!"

"快来救救我吧!"小萤火虫儿伤心地说,"我的一只翅膀被苍耳的尖刺儿扎住了,不能飞啦!"

瘌刺猬仔细一看,真的,小萤火虫儿的一只翅膀扎在了苍耳的尖刺儿上,另一只翅膀正在不停地扇动着。

瘌刺猬赶紧伸出两只手,轻轻地把那只翅膀从尖刺儿上拔了下来。

小萤火虫儿趴在瘌刺猬的手掌上休息了一会儿,就能扇动翅膀了,很快它就可以自由地飞啦!

"谢谢你救了我!"小萤火虫儿快乐地飞舞在瘌刺猬的眼前。

"多么快乐的会飞的小星星啊!你快乐,我更快乐!"瘌刺猬看着在眼前快乐飞舞的小萤火虫儿,正在一眨一闪的,它更加快乐啦!

✿听下雪的声音

"下雪的时候，会有声音吗？"小盲兔吉米坐在轮椅上突然问妈妈。

妈妈愣了一下，回头看看窗户，窗外风呼呼地刮着，大雪正在飞扬。

"当然有啦，你听声音有好大啊！"妈妈回答。

"可是妈妈，"吉米睁了睁什么也看不见的眼睛认真地说，"您以前对我说过的，那是刮风的声音呀！"

"这个……"妈妈挠着脑袋想了一会儿，"天上的雪花儿太轻了，是发不出声音来的，它是被大风刮下来的！"

"天上有那么多的雪花儿被风刮下来，一定很热闹，肯定会有声音的！"吉米微笑着咧开三瓣儿嘴，"妈妈，请您推我出去一会儿吧，我想听听下雪的声音！"

妈妈的脸上露出很伤心的样子，没有说话，只是默默地拿出一条长围巾，围在了吉米的脖子上，然后推着轮椅来到了门外。

天上的雪花儿纷纷扬扬地飘落着。

吉米仰起脑袋，摊开两只胳膊，雪花儿纷纷地扑向了它。

"哇，有这么多的雪花儿呀！"吉米高兴极了，"它们在亲吻我呢！只是有点儿凉！"

妈妈擦了擦眼睛对吉米说："外边很冷的，我们还是回屋里吧！"

"不，等一下，我听见下雪的声音啦！"吉米一动不动，"它们落在了我的眼睫毛上啦，正和我说悄悄话呢！妈妈您听见了吗？"

"哦，真的吗？你真幸福！"妈妈也仰起脑袋看着天上飘飞的雪花儿，"我可听不见下雪的声音！"

"这是为什么呢？"吉米歪着脑袋问妈妈。

妈妈的脸上露出了幸福和自豪的微笑："因为用耳朵是听不见的，只有我的吉米是用心才可以听得见的啊！"

❀ 还没冬眠的大肚熊

"啊——哦——"大肚熊又打了一个长长的呵欠。

这已经是第 101 个了。

天上开始下雪了，大肚熊为什么不去冬眠呢？

"啊——哦——"大肚熊又打了一个长长的呵欠。

"大肚熊，你太困啦，快回家睡觉去吧！"这是小盲兔吉米的声音。

"没关系的！"大肚熊推着载着吉米的轮椅走出门外，"下雪了，我们去看看雪吧！哦，不！我们去感觉一下雪吧！"

"你见过雪花儿吗？"吉米歪着脑袋问大肚熊。

"嘿嘿，长这么大，我还是第一次见到呢！"大肚熊傻笑着说。

"为什么呢？"吉米好奇地问。

"因为我冬眠呀！"大肚熊仰起脑袋看着从天上飘落下来的雪花儿高兴地说，"现在我终于看见了雪花儿，好美啊！"

吉米显得有些伤心，可是又很快也高兴起来："天上的雪花儿一定很多，一定很热闹吧！"

"是呀！你是怎么知道的呢？"大肚熊刚说完，又打了一个长长的呵欠。

"你是用眼睛看到的，而我是用心感觉到的！"吉米开心地说。

"原来是这样啊！"大肚熊也开心起来，"我们都很幸福快乐呢！"

"不过，你还是回家睡觉去吧！"吉米认真地对大肚熊说，"冬眠可是你的生存习性呀！"

"再等一等吧！"大肚熊说，"我答应过哼哼猪的，它不来接替我照顾你，我是不能冬眠的！"

"可是，哼哼猪怎么还不来呢！"吉米急得直跺脚。

"别着急，可能哼哼猪有很重要的事正在办呢！哼哼可是非常热心的猪呢！"大肚熊说完又打了一个长长的呵欠。

"你也是非常热心的大肚熊呢！"吉米大声地说。

"嘿嘿嘿……"大肚熊不好意思地傻笑起来。

就这样，大肚熊和坐在轮椅上的小盲兔吉米在雪花儿飘飞的门外，等呀等呀……

当大肚熊打了第200个长长的呵欠时，哼哼猪终于来了！

❀ 找到快乐的小·雨点儿

有一个小雨点儿，在从天上往下掉落的时候，它对自己说："我要做一个快乐的小雨点儿！"

小雨点儿落在了一个什么地方呢？

四周黑黑的，什么也看不见。

"这里是什么地方呀？"小雨点儿非常伤心，"现在我做不成快乐的小雨点儿啦！"

"你好哇，小雨点儿！"有声音传来，"我是小蜗牛，你为什么这么伤心呢？"

"小蜗牛？我现在在哪里呀？"小雨点儿问。

"你在我的壳里呀！"小蜗牛回答，"欢迎你来和我做伴儿！"

"我不要和你做伴儿！"小雨点儿更加伤心了，"我要做一个快乐的小雨点儿！"

"哦，快乐的小雨点儿？"小蜗牛问小雨点儿，"那你说说什么是快乐呢？"

小雨点儿想了一下回答："快乐就是让自己高兴起来呀！"

"那你找到快乐了吗？"小蜗牛又问。

"可是，我已经掉进你的壳里了，怎么找啊？"

"你来得正好，我也很不快乐，你能不能让我快乐起来呢？"

"真的吗？那让我给你唱一首儿歌吧，这是我从天上下来的时候刚写的呢！"

小雨点儿开始给小蜗牛唱起儿歌来：

小雨点儿，天上住，

高兴啦，跳起舞。

头朝下，翻跟斗，

刷拉拉，真是酷！

跳得花红草儿绿，

跳得鹅唱鸭子呼！

这是什么舞？

刷拉拉，真是酷！

告诉你，这就是——

雨点儿舞步！

"哈哈哈，真好听！"小蜗牛开心地笑起来。

"哈哈哈，你快乐起来啦！"小雨点儿也开心地笑了起来。

"是的，我很快乐！"小蜗牛说，"你现在不是也很快乐嘛！"

"真的吗？"小雨点儿很惊讶。

"哈哈哈，你找到了快乐，你知道这是为什么吗？"小蜗牛问。

"这是为什么呢？"小雨点儿还是不明白。

小蜗牛认真地告诉小雨点儿："给别人快乐，自己才快乐啊！"

❀ 不会笑的肥肥熊

肥肥熊太胖了，胖得都不会笑啦！

真的，如果肥肥熊要想微笑一下的话，那它得用两只手抓住嘴角的两边，然后再使劲往外一拉，才能有点儿笑的模样。

肥肥熊觉得这样笑太累了，就不愿意再笑了。

童话镇的居民们都说肥肥熊不会笑。

"谁说我不会笑？"肥肥熊委屈，"我以前的笑容还上过《童话日报》呢！"

肥肥熊笨笨地开始翻找起来，费了好大的劲儿，才从床底下找到那张《童话日报》。

哇，《童话日报》上的那只微笑着的小熊好可爱呀！它真的是肥肥熊吗？

肥肥熊看看报纸上的小熊，再看看自己现在肥胖的样子，自己也不敢想象这是真的！

"我还是喜欢以前的样子，笑得多好看啊！"肥肥熊对自己说，"对！我要马上减肥！"

可是，怎么减肥呢？

饿肚子？肥肥熊最怕的就是肚子饿！

健身运动？肥肥熊做梦都想成为一个大力士，对，这个办法好！

说干就干，肥肥熊离开了家，直奔童话镇的健身馆。

路过童话广场时，突然地震了，童话镇最高的童话大厦一下子全部倒塌了！

这突然的变化，可把肥肥熊吓坏了，它转身就逃，可是它听到许多动物们在废墟底下哭喊救命的声音，又觉得自己不应该逃走，应该去帮助它们！

肥肥熊停下来，转过身又向童话大厦倒塌的废墟跑去。

那里东倒西歪着许多大块的钢筋水泥混合物。

肥肥熊弯下腰，一使劲，就把一块巨大的水泥块移开了——压在下边的动物们都安全转移啦！

肥肥熊继续搬，它好像有使不完的力气，一块块巨大的钢筋水泥块都被它移开了，及时地救出了压在下边的活着的动物们。

连续三天，肥肥熊饭也没吃，一直在搬钢筋水泥块。

搜救工作结束了，童话镇长小刺猬扎克亲自爬上有自己 100 个那么高的台阶，把"英雄奖章"戴在肥肥熊的脖子上。

童话镇长小刺猬扎克同时宣布，让肥肥熊当新童话大厦重建总指挥。

童话镇的居民们立刻鼓掌欢呼起来。

《童话日报》的记者哼哼猪举起照相机要给肥肥熊拍照。

"请你微笑一下！"哼哼猪冲肥肥熊喊。

肥肥熊想笑，可就是笑不出来，它伸出两只手抓住嘴角两边，使劲往外一拉。

"这成什么样子嘛！"哼哼猪摇摇头，没有给肥肥熊照。

"那请你等新童话大厦建成后，再来给我照吧！"肥肥熊认真地对哼哼猪说，"保证让你满意！"

❋ 小乌龟尼克的神秘礼物

小盲兔吉米就要过生日啦！

童话镇的居民都在忙着选礼物送给吉米，只有小乌龟尼克轻闲地躺在大石板上晒着太阳。

"我要给吉米送一个神秘的礼物！"尼克神气地对自己说。

吉米生日那天，大家都带来了自己认为最能让吉米高兴的生日礼物。

哼哼猪送给吉米一部可以聊天的手机；

发明家花斑狗巴尔特意为吉米发明了一台"听梦机"；

童话作家小刺猬扎克送给吉米一本新出版的盲文童话书；

歌唱家公鸡闹闹和作曲家阿乌猫送来了歌碟，这是专门为吉米创作的歌曲《吉米生日快乐歌》！

还有画家小鸭达克送来的可以触摸的画册，小蜜蜂贝贝最新为吉米研制的蜂蜜可乐……

吉米坐在轮椅上，四周被鲜花包围着，《吉米生日快乐歌》的美妙音乐悠悠飘荡着，它感到自己幸福极啦！

"谢谢大家！"吉米激动得流出了泪水。

这时，小乌龟尼克空着手慢腾腾地来了。

大家都很奇怪，尼克怎么没带生日礼物呢？这也太不礼貌了吧！

尼克来到吉米面前，转过身来开始大声向大家宣布："现在，由我小乌龟尼克送给吉米一个神秘的礼物！"

大家都瞪大了眼睛看着尼克。

过了好半天，也没见尼克拿出什么神秘礼物。

哼哼猪着急了，大声问尼克："你的神秘礼物怎么还不拿出来呀？"

"你们都没看到吗？"尼克奇怪地问大家，"它早就站在吉米的面前啦！它就是——小乌龟——尼克！"

"你？"大家都瞪大了眼睛，嘴巴也张得老大。

"没错！"尼克继续对大家宣布，"我就是我送给吉米的神秘生日礼物——轮椅龟！"

"轮椅龟？"大家都在你看我、我看你，有点儿糊涂了。

"以后，"尼克转过身，来到吉米坐的轮椅后面，抓住轮椅的把手大声说，"我就是吉米的轮椅啦！"

大家愣了一下，接着就一起热烈地鼓起掌。

吉米激动得说不出话来了，又一次泪流满面。

❀ 小盲兔吉米的手机

小盲兔吉米有一部手机，可是从来都没有响过。

时间一长，吉米越来越伤心了。

吉米的手机也很着急，它多么希望吉米每天都能接到问候它、和它聊天的电话啊！

突然，手机真的响了，这可是第一次啊！

吉米急忙接通后把手机放在耳边："喂，您好，我是小盲兔吉米！"

对方没有回答，刚才的响声，是发来的一条短信。

手机知道，这是哼哼猪发给花斑狗巴尔的短信。

吉米什么也看不见，不知道短信的内容，它伤心地哭了起来。

手机急中生智，它想起自己有自动编写短信内容的功能，就马上给哼哼猪回了一条短信：

哼哼猪，你好！我是小盲兔吉米的手机，我到它的身边已有好长时间了，可是从来就没响过！你是第一个给吉米手机发短信的小动物，可是它看不见，现在正伤心地哭呢！希望你能给吉米打一次电话，它会很开心的！

短信发过去不一会儿，手机就又响了。

"这会不会又是一条短信呢？"吉米拿着手机问自己。

"是电话呀，快接啊！"手机虽然着急，可是它发不出声来。

"再接一次吧！"吉米又对自己说，"反正我也没事可做！"

吉米接通了手机。

"喂，是吉米吗？"吉米听见手机里传来了声音，激动地站了起来，"我……我是吉米！"

"你好，我是《童话日报》的记者哼哼猪！"哼哼猪在手机的另一边大声地对吉米说，"明天我想去你家采访你，可以吗？"

"采访……我？"吉米很惊讶，"我有什么好采访的呢？我是一只小盲兔啊！"

哼哼猪继续说："我们《童话日报》正在举办献爱心的活动，你是我们重点关注的残疾小动物！"

"那……那你是怎么知道我的手机号码的呢？"吉米又问。

"哈哈，很奇怪是吧！"哼哼猪笑着回答，"是你的手机自动编发的短信告诉我的，我本来是给童话镇电视台台长花斑狗巴尔发短信，我按错了号码，就发给你啦！"

"哦，原来是这样啊！"吉米把耳边的手机拿到眼前，睁了睁什么也看不见的眼睛后，又拿到耳边对哼哼猪说，"好吧，我同意！"

"OK！哦，忘了告诉你了！"哼哼猪又说，"你的手机号码我已经告诉了童话镇电视台台长花斑狗巴尔，它已经向全镇所有居民播放了！"

"啊？"吉米惊呆了，"那我的手机一会儿不就被打爆了吗？"

"放心，没问题！"哼哼猪又说，"我已经给你开通了三部手机热线，现在我马上就给你送过去！"

"真的吗？太感谢你啦！"吉米激动了好半天才关掉手机。

吉米把手机放在脸上，刚想要对它说什么，突然，手机又响了起来……

❀作曲家小蝈蝈儿

草丛里有一只不会演奏音乐的小蝈蝈儿。

为什么呢？因为它的两只翅膀不小心被摔断了。

可是，小蝈蝈儿还是挺快乐的。

"我的翅膀不能演奏了，可我还会作曲呀！"小蝈蝈儿坚定地对自己说，"我要写一部非常伟大的《草丛交响乐》！"

小蝈蝈儿开始创作了。

它白天散步在草丛中，听各种昆虫的演奏，还有天上各种飞鸟的鸣叫；晚上它躺在香叶上，听小蛐蛐儿的弹奏，还有小青蛙的鼓点声……

这些声音，给了小蝈蝈儿作曲的激情，那些活蹦乱跳的小音符，像许许多多的小蝌蚪，在五线谱的小溪里自由玩耍……

当夏天快结束，秋天就要到来时，小蝈蝈儿终于完成了《草丛交响乐》的创作。

小蝈蝈儿准备举办一次大型音乐晚会，它把这个想法告诉了《草丛画报》的主编小白兔。小白兔非常高兴，马上点头同意了。同时，它也请草丛电视台台长小刺猬和草丛广播电台台长小田鼠一起发布消息，希望会演奏的居民们都来参加这次音乐晚会。

消息一传开，报名参加的草丛居民们好多好多！

小蝈蝈儿的身体越来越虚弱了，可是一听到这个好消息，它显得十分兴奋。

小蝈蝈儿决定亲自指挥这次音乐晚会。

接下来，小蝈蝈儿连续排练了几次音乐演奏，身体也更加虚弱了。

大型音乐晚会终于正式演出了！

所有的草丛居民都来了！

作曲家小蝈蝈拿着指挥棒站在舞台中央，开始指挥演员们演奏《草丛交响乐》。

草丛居民们被如诗如画的音乐陶醉了……

演出非常成功。

草丛居民们站起来热烈地鼓起掌来。

可是，作曲家小蝈蝈儿躺在了舞台中央，微笑着睡着啦，再也没醒来……

✿是谁送来的香味

小田鼠阿吉最喜欢闻香蒿的香味了。

阿吉就住在一片香蒿丛中。

今年春天，阿吉的眼睛什么都看不见了。

"我本来就不喜欢阳光，这样挺好的!"阿吉开心地对自己说，"这样我就可以白天出来闻香蒿的香味啦!"

可是，夏天早就到了，阿吉还是没有闻到香蒿的香味。

"这是怎么回事呢?"阿吉摸索着碰到了洞口边的几棵植物，"咦? 怎么这么扎手呀，哦，是苍耳，不是香蒿啊!"

"一定是去年冬天谁把香蒿都拔掉了，种上了苍耳!"阿吉很伤心。

没有了香蒿，闻不到香蒿的香味，阿吉坐在洞口旁边，一点儿精神都没有了。

夜里，阿吉出去找吃的，它找到了几粒花生。

阿吉回到洞口时，它好像闻到了一种熟悉的气味。

"这是什么香味? 怎么这么熟悉!"阿吉用鼻子四处嗅嗅，突然大声惊叫起来，"哎呀，香蒿! 这是香蒿的香味啊!"

阿吉坐在地洞口上，一边嗅着香蒿的香味，一边嚼着香甜的花生，快乐极了!

“咦？不对呀！”阿吉突然想起了什么，“哪来的香蒿呢？”

阿吉左右侧着耳朵听了听，又用鼻子四处嗅了嗅，“一定是谁给我采来了香蒿！”

阿吉想了一下，突然大声喊了起来：“谢谢你，好心的朋友！谢谢你给我采来了香蒿！”

四周静悄悄的，没有谁答应。

可是，就在阿吉的不远处，站着一只小刺猬，它只是微笑着点点头，没有说话。

这是一只不会说话的哑巴小刺猬！

谁是草丛劳动模范

草丛电视台正在举办"草丛劳动模范光荣榜"评选活动。

谁能荣登"草丛劳动模范光荣榜"的榜首呢？

草丛电视台台长小白兔派出记者小蜜蜂去暗访了一些草丛居民。

"一定是瘸腿蛤蟆！"很多草丛居民都这么认为。

是的，瘸腿蛤蟆做的好事数都数不清。

有的草丛居民认为小蚂蚁最勤劳，也应该入选。

"要我选就选哑巴小刺猬！"大肚子蝈蝈儿大声对小蜜蜂说，"它偷偷帮助小盲鼠有好长时间啦！"

小蜜蜂回到草丛电视台，把暗访的结果告诉了小白兔台长。

小白兔台长最后把"草丛劳动模范光荣榜"入选名单交给评委会主席乌龟博士。

乌龟博士看完入选名单后，皱着眉头，很不满意。

"还有谁没有入选吗？"小白兔台长问，"这可是大部分草丛居民们的想法啊！"

"它们忘记了一位非常重要的动物！"乌龟博士严肃认真地说，"等评选揭晓那天我再正式公布吧！"

过了几天，草丛电视台"草丛劳动模范光荣榜"榜单正式揭晓了。

乌龟博士在直播间向草丛居民们正式公布：荣登"草丛劳动模范光荣榜"榜首的动物是——屎壳郎！

坐在电视机前的草丛居民们都大吃一惊："怎么会是它呢?"

乌龟博士继续宣读入选理由：屎壳郎学名蜣螂，全身黑色，胸部和脚有黑褐色的长毛，吃动物的尸体和粪便等，常常把粪便滚成球形。在滚动粪球时，它们一边用前足拍打粪球，一边用后足行走。它们不仅清除了草丛里的垃圾，更重要的是保护了生态环境！

"哦，原来是这样啊！"草丛居民听完乌龟博士宣读的入选理由后，完全明白了，都不由自主地鼓起掌来。

✿ 小刺猬找到了什么

夜晚又来了。

除了几只飞舞闪烁的萤火虫儿，还有偶尔传来的一阵小蛐蛐儿的弹奏和几声小青蛙的鼓点儿外，这片草丛开始安静了下来。

不，你听——还有谁在小声地哭泣呢？

这使正在找食物的小田鼠感到奇怪，就顺着哭声找了过去。

"你是谁呀？"小田鼠小声地问，"为什么要哭哇？"

"你没有眼睛呀！"对方停止了哭声，生气地回了小田鼠一句。

"对不起，我是小田鼠，我的眼睛本来视力就不好，而且现在又什么都看不见啦！"小田鼠客气地回答，"我听见你的哭声，就知道一定是只小动物，所以就来问问，也许我可以帮助你！"

"哦，是这样呀！"对方有点儿不好意思了，"对不起，我是小刺猬，前几天我不小心把腿摔坏了，成了瘸腿刺猬，我现在一点儿也开心不起来！"

"想开心？这很简单！"小田鼠痛快地说。

"你为什么这样说呢？"小刺猬不明白。

"你看——"小田鼠拿出一颗小野果说，"我什么都看不见，可是我还是能找到吃的东西，饿不着肚子呀！"

"这么说的话，"小刺猬一瘸一拐地走到小田鼠面前，"那我也很容易找到好吃的东西呀！"

"这就对啦！"小田鼠咬了一口野果嚼了起来，"还有什么比这个更开心的呢！"

"你说得对极啦！"小刺猬开始高兴起来，"身体有了残疾并不重要，最重要的是能快乐地生存下来！我真高兴能认识你！"

"那我们交个好朋友吧！"小田鼠用鼻子在小刺猬身上嗅了嗅，"现在我们一起找好吃的吧！"

"好哇！"小刺猬开心地说，"我要给你找更多好吃的野果！"

"谢谢！"小田鼠微笑着问小刺猬，"我找到了一个好朋友，那你找到了什么呢？"

小刺猬挠着脑袋想了一下，突然大声回答："我找到了快乐！"

正在做梦的小·盲鼠

草丛里，生长着好多香蒿。

在一棵最高的香蒿下面，住着一只快乐的小田鼠。

太阳暖洋洋地照着草丛，轻风吹来，香蒿的香气就会淡淡地飘散开去，快乐的小田鼠从洞里钻出来，躺在香蒿下，双手枕在脑袋下边，再跷起一条小腿，看上去真的好舒服呢！

是的，这对一只什么也看不见的小田鼠来说，是再好不过的啦！

你看，这只小盲鼠睡着了，脸上还露出了微笑。

你听，这只小盲鼠还在说梦话呢！

正在做梦的小盲鼠，它梦到了什么呢？

哦，它梦到了阳光和香蒿的香气围在它的身边唱歌跳舞，还有一支用芦苇做成的笛子，自己就能吹出快乐美妙的旋律……

咦？那是谁呀？小盲鼠感觉不到它的样子！

"一定是你啊，"小盲鼠在梦中大喊起来，"我看不见的朋友！是你给我送来了香甜的野果，是你帮我找到了丢掉的笛子，你到底是谁呢？你为什么不对我说一句话呀？"

小盲鼠突然张开双臂去拥抱那个它感觉不到的朋友，可是扑了一个空，它惊醒了。

"哦，糟糕！"小盲鼠一只手拍拍脑袋，"又是一个梦！"

小盲鼠摸索着从洞口拿出那支用芦苇做成的笛子，睁了睁那双什么也看不见的眼睛，对自己说："我还是吹笛子吧！我要吹出一支最快乐、最好听的曲子，送给我看不见的好朋友，它一定会听得到的！真的，我能感觉得到，它就站在我的身边，它还对我微笑呢！"

　　小盲鼠开始吹起笛子来，多么快乐好听的曲子呀！

　　真的，就在小盲鼠不远的地方，站着一只小刺猬，它正闭着眼睛听小盲鼠吹出的曲子，它的脸上露出了快乐的笑容！

　　小刺猬多想随着快乐好听的曲子唱歌啊，它张了张嘴巴，可是没有发出声音来……

❀ 奇怪的传染病

童话镇里发生了一件非常奇怪的事。

童话镇里的居民们都得了一种奇怪的传染病，每个动物都愁眉苦脸的，一点儿也高兴不起来。

童话镇镇长小刺猬扎克愁眉苦脸地找到童话医院院长乌龟尼克博士。

"请您快想个办法吧！"扎克难过地对尼克博士说，"这到底是怎么回事呢？"

尼克博士也愁眉苦脸地说："我先调查研究一下再说吧！"

尼克博士花了三天时间，问遍了整个童话镇的居民，最后发现——它们都看了童话电视台播放的动画片《童话都是假的》后，才高兴不起来的。

"这部动画片我也看过的！"尼克博士思考起来，"看完后是很难受，难怪让大家都高兴不起来啦！"

尼克博士马上找到童话电视台台长花斑狗巴尔。

"真的吗？"巴尔愁眉苦脸地问尼克博士，"原来是这部动画片闯的祸啊！"

"千真万确！"尼克博士认真地说，"请你马上停播，赶快重新编写制作新的节目！"

"可是……"巴尔为难地说，"大家都高兴不起来，我找谁编写新节目呢？"

尼克博士皱着眉想了一下，突然，"哦，我想起来！"它大声地对巴尔说，"小盲兔吉米！它可是有名的童话作家呀，就让它来写！"

"对呀！我怎么没想到呢，就找它！"巴尔也激动起来。

尼克博士和巴尔台长一起来到小盲兔吉米家的窗前，看见吉米正在快乐地讲着童话故事，身边的哼哼猪正在微笑着在纸上写着。

"太好啦！"尼克博士激动地对巴尔大声说，"整个童话镇里只有它们俩没有被传染！"

"那现在就请它们赶快编写最快乐的童话故事吧！"巴尔说完就冲进屋里，把哼哼猪吓了一大跳。

"怎么啦？"吉米侧着脑袋一边听一边问哼哼猪，"是谁来了呀？"

"是……是童话电视台台长……巴尔！"哼哼猪结结巴巴地回答。

"是我！请你们马上救救童话镇的居民们吧！"巴尔着急地对吉米和哼哼猪说。

尼克博士也走进屋里，它把事情的详细经过告诉了吉米和哼哼猪。

吉米和哼哼猪马上同意了现在就开始编写新的动画片。

吉米编，哼哼猪写，巴尔当导演，很快动画片《童话都是真的》在童话电视台播放了。

第二天，整个童话镇的居民们不再愁眉苦脸的，又都露出了开心的笑容。

❀ 生出刺猬的大西瓜

哼哼猪种的西瓜熟了。

哼哼猪拿着一把尖刀来到西瓜地，找到最大的那个大西瓜，在上面划了三刀，成了一个三角形，再用刀尖往三角形中间一扎，再一拔，哇——好红的西瓜瓤呀！

哼哼猪满意地点点头，又把那块三角形的西瓜安到原来的地方。

"就是这个大西瓜啦！"哼哼高兴地对自己说，"我去拿个大竹筐来，把这个最大的西瓜送给猪爷爷，它一定会很开心的！"

不一会儿，哼哼猪背着一个竹筐回来了，它把那个大西瓜搬到竹筐里，然后背在背上，去看猪爷爷了。

来到猪爷爷的家里，哼哼猪放下竹筐，一边搬西瓜一边对猪爷爷喊："这是我种的西瓜，是西瓜地里最大的！"

"哎呀，这么大的西瓜呀！"猪爷爷走过来，看到放在桌子上的大西瓜，非常高兴。

"一定很好吃！"猪爷爷擦了一把嘴角流出的口水，着急地对哼哼猪说，"现在我们一起吃吧！"

哼哼猪把竹筐里的尖刀拿出来，扎在大西瓜上的那个三角形的切口上，一拔，再一看，咦？哼哼猪和猪爷爷都傻眼了——怎么是空的呢？

哼哼猪急了，放下尖刀，用两只手伸进大西瓜的三角形洞口里，使劲一掰，"咔嚓"一声，西瓜分成了两瓣，一只小刺猬坐在瓜瓤上正使劲地大吃呢！它的肚子被撑得好大哟！

猪爷爷惊讶地张大了嘴巴问哼哼猪："怎么，你种的西瓜还……还能生出小……小刺猬来呀！"

"不……不可能！"哼哼猪用手里的尖刀指着小刺猬，"它……它一定是偷偷钻进去的！"

这时，小刺猬也傻眼了，它的肚子被西瓜瓤撑得已经走不动了，逃是逃不了啦！

"我……对不起！"小刺猬很害怕，"我太喜欢吃西瓜啦，就……"

"你就偷偷钻进西瓜里啦！"哼哼猪生气地对小刺猬大喊，"你还挺聪明的，还把那个三角形的盖子也盖上了！我说怎么没有发现呢！"

小刺猬急忙向哼哼猪道歉："是我错了，真对不起！"

猪爷爷笑呵呵地对还在生气的哼哼猪说："好啦，它已经承认自己错了，你看不是还剩下那么多的西瓜嘛，我们一起来吃吧！"

小刺猬突然打了几个响嗝儿，它拍拍自己的大肚皮，不好意思地说："哦……我吃得太多了，实在是吃……吃不下了！"

猪爷爷和哼哼猪被小刺猬傻乎乎的样子逗得都哈哈大笑起来。

第四辑
庄稼地里的童话

❀童话里的笑容

（1） 小雪花的微笑

你看过小雪花的微笑吗？

它笑的时候，

就是它融化的时候。

那么多的小雪花呀，

都微笑了！

可是，怎么湿漉漉的呢？

是它们哭了吗？

不是的，它们是在笑哩！

你看——

庄稼地里的麦苗们呀，

正在洗着一个，

绿油油的澡！

（2） 庄稼地里的星星

快看呀——

庄稼地里有好多好多的星星呢！

还正在眨呀眨地

眨着绿色的小眼睛哩！

哎呀呀，庄稼地里的梦，

真的醒啦！

（3） 小青蛙们的合唱

天黑了，

庄稼地里的星星们都睡着了吧？

没有呀！

它们只是都闭着眼睛。

这是为什么呢？

哈哈，你没听到小青蛙们合唱的歌声吗？

（4） 庄稼地里的珍珠

天亮了，

庄稼地里挂满了珍珠！

喂喂喂，你们醒醒！

这些这么好看的珍珠，

是从哪里来的？

我想肯定是那些庄稼地里的小娃娃们，

昨天夜里玩得太高兴啦，

现在还不醒！

不过，我能猜到，

这是因为太阳爸爸和月亮妈妈，

太爱它们了，
在夜里亲吻了它们的眼睛……

（5）南瓜花开啦

南瓜花开啦！
你不信？
那你听听——
是不是小蝈蝈儿在歌唱呢！
声音好高好亮呀！

我想领头唱的，
一定是一只大肚子绿蝈蝈儿！
我找呀找呀，
可是有那么多的南瓜花，
我找不到啊！

你的歌声每天都唱在我的耳边，
就连我的梦里也是那么热闹！
突然有一天早晨，
我一睁开眼——
发现了一朵南瓜花
吹出了一个小小的圆疙瘩。
那是什么呢？
哦，我知道啦——
那一定是大肚子蝈蝈儿吹出来的
一个小小的童话！

（6）绿是黄的妈妈

一行一行的，
像一条长着绿色绒毛的毛毛虫！
可是，从远处一看呢，
就像一块绿茸茸的地毯！
这是什么呢？
"这是黄豆地呀！"我的爷爷说。
"你说谎！"我撅起嘴说，
"这是绿色的地呀！"
"别着急，孩子！"
爷爷叼着烟袋锅说，
"到时候你就知道啦！"
知道什么呢？
到了秋天我才明白：
原来绿是黄的妈妈，
绿妈妈生下了黄儿子！
一颗颗，一粒粒，
有好多好多，
把爷爷乐得嘴都合不上啦！

（7）偷西瓜的小刺猬

夏天夜里的月亮又圆又亮。
可是，瓜棚里的爷爷呢？

烟袋锅里的童话不再冒烟了，
白酒的度数把爷爷哄睡了。
爷爷在做什么梦呢？
我睁大了两眼看着爷爷，
什么都没发现！

"沙沙沙"，
是什么声音传来？
我一下子坐起来，
跑出了瓜棚。

又圆又亮的月亮下面，
瓜地里静悄悄的。
蛐蛐儿也不唱了，
小蚂蚱也不蹦了，
是什么声音呢？

看见了，一个小小的黑影！
我悄悄地走过去，
我想那个黑影正在高兴，
把危险忘得一干二净！

这个黑影我认识的，
我爷爷告诉我，
只有小刺猬才来偷西瓜。
现在呀，我渴得不行，

我就等你找到你要吃的西瓜，
到那时，我会吃到又甜又沙的西瓜，
爷爷说你有这个本领！

别着急，小刺猬，
我会给你一大块西瓜瓤儿的，
保准你和我一样，
吃得开心又高兴！

（8） 一定会脸红

我家屋檐底下的燕窝里，
每天都会很早地唱起欢快的歌声，
我在想醒又不想醒中，
翻了一个身，
又做起了梦。

可是，我知道，
我家的炊烟早已经醒了！
因为，我的爸爸妈妈在我的左右，
已经空空！

小蝈蝈儿没醒，小蚂蚁正在做梦！
爸爸妈妈为啥这么早起来呢？
小燕子呀，还有小蜜蜂，
你们看到我的爸爸妈妈后，

一定会脸红！

（9） 庄稼地里的热闹声

那是小星星吗？
怎么这么近呀！
不是的，它们都是萤火虫儿！
我在葡萄架下的凉席上，
感觉到了庄稼地里的热闹声……

小蛐蛐儿哼来小青蛙唱，
小刺猬跳来小田鼠蹦。
还会有谁呢？
如果有了小蝴蝶、小蜜蜂，
还有小燕子、小蜻蜓……
那该有多好呀！

这是一个最美最美的童话梦，
我自己都不愿意醒，
那就谁都不要把我碰！

（10） 童话的信息

什么是DVD？
什么是手机？
你有的，我没有，

可是，我有的，你就没有！

我来到庄稼地里，
天地之间，
万物都是 DVD 盘里的内容，
永远也演不完！

我躺在草地上，
你听——嘟嘟嘟，
那是我的手机呀——
小蝈蝈儿正在给我发送一个
童话的信息！

我请小蝈蝈儿代我发一个信息，
给所有喜欢大自然的动物们，
希望它们
都来到我的身边
一起做游戏……

虽然这是一个梦，
但我的梦比谁都生动！

（11）庄稼地的联欢晚会

傍晚，庄稼地的联欢晚会又开始啦！
你听，小青蛙们又开始唱起歌儿来啦！

你可别着急呀，好戏还在后头呢！

你再看呀——

萤火虫儿们像霓虹灯一样

星星点点地闪烁着。

你再听吧——

小蛐蛐儿们也接二连三地拉起了小提琴。

不过，有点儿不太和谐。

指挥呢？

哈哈，没有指挥的！

你感觉到风儿轻轻地吹着吗？

是的，这只是大自然舞台的一个角落，

只要有风儿，

一切都会在自然中自然而和谐！

（12）庄稼地里的夜

夜深了，风儿轻轻地哼着无声的摇篮曲，

哄着庄稼地里的居民们

进入了甜甜的梦中……

谁来了呀！

哦，是天上挂着一轮圆圆的月亮呀！

你这个圆圆的月亮呀，

张着那么圆圆的嘴

想要干什么？

是要吃掉所有的庄稼吗？

不会的，圆圆的月亮一点儿也不饿！

它正在张着大嘴巴唱着一首无声的儿歌！

（13） 拔节的玉米

下雨了！

玉米们又唱又跳，多么好的摇滚啊！

所有的叶子们都疯狂起来！

小蝈蝈儿、小青蛙们都吓得躲了起来！

这是所有的庄稼们自己的节日呀！

下雨的时候，是玉米们准备长大的时候！

不信，你等到雨过天晴，太阳出来的时候，

你会发现，玉米们还在快乐着呢！

你听——

咔吧，咔吧，

这就是玉米们拔节的声音啊！

这种声音

就是玉米们正在长大呢！

（14） 播音喇叭

每一棵向日葵都是一个播音喇叭。

真的，你看——

小蜜蜂们飞来飞去

不停地在向日葵的头上播音呢！

都说些什么呢？

除了向日葵和小蜜蜂们之外，

在花瓣上散步的小蚂蚁

谁也不知道。

可是，你会发现——

向日葵们把头都抬得很高很高！

是不是蜜蜂们的声音很甜，

把太阳馋得就把向日葵的头抬起来，

也想听听小蜜蜂们的甜！

（15） 西红柿

庄稼地里，

第一棵西红柿秧结出了一个

红红的西红柿。

西红柿秧下有一个蚂蚁窝。

有一天，一只小蚂蚁把土粒儿背出窝外，

把土粒放下后，喘了一口粗气。

小蚂蚁太累了，

一边擦汗，一边抬头往上看。

"呀，这么大的红灯笼啊！"

小蚂蚁惊喜地大声喊起来。

西红柿微笑着，没有说话。

"你为什么白天才亮呢？"

小蚂蚁认真地问。

"哈哈，

因为你们勤劳的小蚂蚁在白天工作呀！"

西红柿微笑着回答。

（16）小蜜蜂

小蜜蜂飞来啦！

一只、两只、三只……

哇，有好多只呢！

它们要做什么呢？

飞到黄瓜花上的小蜜蜂，是想要酿出黄瓜味的蜂蜜吗？

飞到南瓜花上的小蜜蜂，是想要酿出南瓜味的蜂蜜吗？

飞到茄子花上的小蜜蜂，是想要酿出茄子味的蜂蜜吗？

飞到向日葵花上的小蜜蜂，是想要酿出向日葵味的蜂蜜吗？

我多想开一家饮料店，里面有好多好多各种味道的蜂蜜饮料！

（17）早晨的小燕子

早晨的小燕子，为什么飞得那么低呢？

太阳刚从东边冒出个头儿，不可能会下雨呀！

小燕子在庄稼地里在寻找什么好吃的呢？

你快看——

在叶子上闪闪发光的是什么呀？

那些闪闪发光的都是露珠儿啊！

小燕子最爱吃露珠儿啦！

露珠儿在小燕子的肚子里也会闪闪发光呢！

（18）布谷鸟

公鸡一叫，人们就醒了。

可是，比公鸡还早的还会有谁呢？

当然是布谷鸟呀！

真的，布谷鸟就叫了那么几声，

庄稼地里的所有的梦就全醒啦！

它们都感觉到了轻风的抚摸，

它们都感觉到了露珠儿的亲吻。

公鸡们会生布谷鸟们的气吗？

（19）小蛐蛐儿们的音乐晚会

小蛐蛐儿们的小提琴合奏音乐晚会又开始啦！

夏天的夜，风儿很轻，月亮阿姨躲在云朵里打着瞌睡。

可是在庄稼地里，所有的听众都在听着。

小青蛙也偶尔"呱呱呱"地伴奏着……

夏天的夜，风儿很轻，月亮阿姨拉开云朵的窗帘，

一边听着小蛐蛐儿们的小提琴合奏，

一边看着庄稼地里所有听众的梦……

（20）小喇叭花儿

一朵小喇叭花儿，缠在一朵小南瓜花的茎上。

它们都在吹着一个童话的梦……

当小南瓜花吹出一个小南瓜的时候，

小喇叭花儿还是吹呀吹呀，

小喇叭花儿长大了，可是它什么也没吹出来，

它很害羞，也很惊讶，

把嘴巴张得很大很大。

（21） 庄稼地里的警察

小蜻蜓呀，你真像一架小直升机！

你在庄稼地的上空巡逻吗？

你是庄稼地里的警察吗？

是的，一定有许多害虫的！

你一定有一部手机，

打给小螳螂、小青蛙，还有七星瓢虫，

让它们赶快去消灭它们，保护庄稼！

（22） 小麻雀

一只小麻雀，飞落在麦地里。

"这是什么地方呀？"

小麻雀前后左右地扭动着脖子。

"我们就是你最喜欢吃的麦子呀！"

一穗把头低得很低的麦穗说。

"可是，我找不到麦子呀！"小麻雀着急地说。

"再过几天，我们就成熟了，就会变成颗粒饱满的麦子啦！"

"可是，我吃了你，你会怪我吗？"

"不会的，你是吃害虫的，害虫找不到，吃我们也是对你的感谢，没关系的！"

"太好啦！谢谢你的理解，我现在继续找害虫吃去！"

（23） 来到花生地的小田鼠

一只小田鼠钻出了洞。

"啊，多么美的夜晚呀！"

这是一只会写诗的小田鼠呢！

小田鼠来到了花生地里。

小田鼠用尖尖的鼻子嗅了一会儿，

"啊，真香呀！"

不过，小田鼠擦了擦嘴边的口水对自己说：

"花生还没有长大呢，我要找些别的东西当我的晚餐！"

（24） 西瓜的啤酒肚

西瓜地里的西瓜们都挺圆了大肚子。

你们是不是喝了很多很多的啤酒呀？

因为，我爷爷就有个大肚子，他说那叫啤酒肚！

可是，你们西瓜是喝哪里产的什么牌子的啤酒呢？

哈哈，一定是从天上落下来的啤酒，牌子一定是"天水牌"的！

（25）小螳螂

有一只小螳螂，吃了好多的害虫，有点儿累了。

它好想美美地睡上一觉。

小螳螂捧着吃饱的肚子，使劲儿地跳到了一棵豆角秧上。

"啊，多么长的一棵豆角呀！"小螳螂看着眼前的一棵长豆角高兴地说。

"如果当做我的床的话，那该有多舒服呀！"小螳螂对自己说。

"欢迎你在我的身上睡觉！"长豆角微笑着说，"你是我们庄稼地里勇敢的卫士，是你保护了我们健康地成长。你能在我的身上休息，是我的光荣啊！"

小螳螂不好意思地笑了……

（26）不好意思的小蝴蝶

小蝴蝶最喜欢飞到向日葵的圆盘上跳舞啦！

那是小蝴蝶最喜欢的舞台啦！

小蝴蝶总想做一个服装模特儿呢！

你看，就连小蜜蜂也来凑热闹啦！

小蜜蜂唱着"嗡嗡嗡"的歌儿，

一边为小蝴蝶伴奏，一边采着花粉，多么开心哪！

小蝴蝶虽然很高兴，但是也很不好意思，

因为它只是显示自己的美丽，没有收获劳动的果实！

小蝴蝶不好意思地飞走了，

只有小蜜蜂还在快乐地哼唱着……

（27） 小蚯蚓不再寂寞了

爷爷扛着一把铁锹要去菜园子里翻地，准备种蔬菜。

我也扛着一把小小的铲子，跟在爷爷的身后。

爷爷开始挖起来，我也吃力地用小铲子挖着。

"哎呀！"我突然惊叫起来，"爷爷，我把一条蚯蚓砍成两截啦！"

爷爷双手拄着铁锹把儿笑呵呵地说：

"没关系的，另外一截还会变成一条蚯蚓的！"

"真的吗？"我不相信，"蚯蚓真的有这个能耐吗？"

"当然有啦！"爷爷回答。

"哈哈，这下子小蚯蚓不再寂寞了，它会有一个弟弟来陪它啦！"

我高兴地挥动小铲子说。

（28） 小喜鹊的花园

一只小喜鹊，告别了爸爸妈妈，自己去找好吃的去啦！

小喜鹊飞到一片庄稼地里，哇，全都是绿油油的，真好看啊！

"可是，这里没有我喜欢吃的虫子，我还是到树林里去吧！"

小喜鹊飞走了，从那以后，小喜鹊每天都要来到庄稼地里，去看绿油油的庄稼。

直到有一天，小喜鹊又飞到庄稼地里时，它惊喜地发现：庄稼地里的居民都开花了！

"哎呀，多么好看的花儿啊！"小喜鹊高兴地又蹦又跳，"现在，这里是我的花园啦！"

（29） 七星瓢虫

"花大姐！"我指着一片玉米叶子，惊喜地冲身边的爷爷喊起来。

爷爷捋着胡须笑呵呵地说："是它，它也叫七星瓢虫！"

"它的背上真的有七颗星吗？"我一边问爷爷，一边悄悄地靠近七星瓢虫，认真地数了起来。

突然，七星瓢虫一下子飞了起来。

"你数清楚是几颗星星了吗？"爷爷问我。

我摸摸脑袋说："好像只有六颗呀！"

"哈哈，瓢虫的种类很多，但有的瓢虫不是益虫，比如十一星瓢虫和二十八星瓢虫，它们不但不是益虫，反而是害虫。但二星瓢虫、六星瓢虫、七星瓢虫、十二星瓢虫、十三星瓢虫、赤星瓢虫和大红瓢虫等都是益虫。"

"是这样呀，那它最喜欢吃什么呢？"

"它最喜欢吃一种叫'蚜虫'的害虫！"

"七星瓢虫真好！"我高兴地说，"我一定会梦到骑在它的背上，一起去消灭蚜虫的！"

（30） 我是"侦察小英雄"

我和爷爷一起走进了一眼望不到边的谷子地里。

爷爷突然弯下腰来拔起一棵谷子扔了。

"爷爷，你怎么把谷子拔了又扔了？"我生气地问。

"哈哈，那不是什么谷子！"爷爷回答说，"那是一棵长得像谷子的狗尾草呀！"

"狗尾草？"我蹲下来捡起那根草，仔细一看，还真像谷子呢！

"你真是谷子地里的奸细，我一定把你们消灭掉！"我认真地说。

"那我们继续找吧！"爷爷微笑着说。

那天，我拔掉了好多好多的狗尾草，爷爷夸我是一个"侦察小英雄"呢！

（31）春风小妹妹醒了

春风小妹妹打了一个呵欠，伸了一下懒腰，就醒啦！

所有沉睡的动物和植物，都在梦中感觉到了温暖。

它们还在做着香甜的梦，就连小蚂蚁和小田鼠也不愿意把洞门打开。

可是，春风小妹妹真的醒了，而且精神极了！

她高兴地唱呀、舞呀，有谁能看得见，听得见呢？

冰看见了，听见了；雪看见了，听见了，就都微笑啦！

不知不觉中，它们把自己笑得湿漉漉的啦！

这可不是它们在流泪呀，这可是一幅生动的水墨画呢！

在这片庄稼地里，让我们把自己投入到这个湿漉漉的春天吧！

（32）小蚯蚓

春风小妹妹最喜欢庄稼地了，她一醒来就急匆匆地跑到庄稼地。

一切都是静悄悄的，它们是不是还在偷懒做着美梦呢？

春风小妹妹着急了，吹呀吹，摇呀摇，可是谁都不醒！

春风小妹妹伤心极了，想要离开庄稼地。

突然，春风小妹妹发现，庄稼地里有了动静！

会是谁呢？小青蛙？小蚂蚁？还是小刺猬？

快看哪——它出来啦！

原来是一条小蚯蚓！

（33）绿醒了

绿醒了，当太阳公公用带光的手指胳肢着秧苗娃娃们时，绿就痒痒了，笑嘻嘻地睁开了眼睛。

绿惊喜地发现，她的脸蛋儿上还有月亮阿姨亲吻的痕迹呢，

一颗颗，像珍珠一样。

原来这些就是小露珠儿呀！

绿高兴极啦，就挺了挺身子。

太阳公公也感觉到了，

绿长大、长高啦，颜色也更加鲜艳啦！

（34）太阳生气啦

小蚂蚱一蹦，就把太阳的脸吓红啦！

大肚子蝈蝈儿一唱，就把太阳的光逗热啦！

太阳总想找到小蚂蚱和大肚子蝈蝈儿，真的想和它们成为好朋友。

太阳就在庄稼地里找呀找呀，总是找不到。

太阳生气了，脸越来越红，光越来越热，把叶子都吓得越来越绿啦！

可是，小蚂蚱还是那么快乐地蹦着，大肚子蝈蝈儿还是那么尽情地唱着，太阳就是找不着！

（35）很香很香

天黑了，小蛐蛐儿的琴声把庄稼地里的孩子们都哄睡了，
很香很香……
田埂上的香蒿呀，也很香很香，被风儿轻轻地一吹呀，
像小蛐蛐儿的琴声，把庄稼地里的孩子们都哄睡了，
很香很香……

（36）庄稼地里的梦飞起来了

风停了，雨停了，乌云散了，太阳笑了！
庄稼地里的梦呀，都飞起来啦！
快看哪——
小蝴蝶、小蜻蜓，还有小蜜蜂，
一边唱一边飞舞，多么高兴！

（37）眼睛里

在小蚂蚁的眼睛里，悬挂在它头顶上的小豆角就像一根大大的
香蕉！
在小刺猬的眼睛里，它吃的大西瓜就像一颗带着花纹的绿太阳！
在小蜜蜂的眼睛里，它喜欢的向日葵就像一个圆圆的舞台！
在小蜻蜓的眼睛里，它巡逻的庄稼地就像一座童话城堡！

在我的眼睛里呀，这一切都是我梦中的秘密……

（38）小蛐蛐儿的收获

当小蛐蛐儿一个劲儿地唱呀唱呀的时候，
月亮就被磨得像一把小镰刀啦！
既要收割小蛐蛐儿的歌声，又要收割庄稼地里的童话，
小蛐蛐儿呀，
你的收获比农民伯伯还要多、还要好！

（39）下雨啦

下雨了，雨下得好大呀！
玉米们咕嘟咕嘟喝得可痛快啦！
天晴了，太阳出来了！
"咔吧"、"咔吧"，这是什么声音呢？
哈哈，原来是玉米们打嗝儿了！
一打嗝儿，也就是它们到了开始拔节的时候啦！
玉米们喝了天上落下来的饮料，长得可真快、可真高！
原来雨水就是玉米们的饮料呀，
不知道是"娃哈哈"还是"爽歪歪"？

（40）我必须把你拔掉

狗尾巴草，你不要对我摇呀摇！
我真的不想见到你，我必须把你拔掉！

真的，你不应该住在庄稼地里的，因为你没有户口呀！

你应该住在田野里的，在那里随风舞蹈，那该有多么好！

可是，现在，我必须把你拔掉！

（41）天真的睡着了吗

天黑了，天真的睡着了吗？

可是，星星还在眨着眼睛！

那个月亮也真怪：有时圆，有时缺，

是不是你有时饱、有时饿的梦？

天黑了，不管你睡了，还是眨着眼睛，还是做梦，

那个童话总是那么生动！

（42）星星玩累了

星星玩累了，就躺在花瓣儿和绿叶儿上睡着啦！

当星星的梦湿漉漉的时候，星星就醒了，

它发现自己变成了一颗小露珠儿！

住在庄稼地里的小朋友呀，最喜欢它们啦！

它们一起玩捉迷藏的游戏，找呀找呀，

到了晚上，小露珠们又回到了天上，眨着调皮的眼睛！

（43）天气太热了

天气太热了，一丝儿风也没有，庄稼地里静悄悄的。

一片叶儿轻轻地动了一下，是它的梦惊醒了吗？

不是的，也许是一只小蝈蝈儿，也许是一只小蛐蛐儿，
它们只是懒懒地蹦一蹦，不想弹琴也不想唱出自己的歌声。
天气太热了，它们的梦只是懒懒地一蹦！

（44）青苞米

青苞米呀，你真像一个布娃娃，我真的不忍心吃了你！
可是，当你被火炭烤熟了的时候，
你的香味就喂饱了我的童话的眼睛！
来到我的肚子里吧，
你会和我一起做一个快乐无比的梦！

（45）瓜棚里的童话

瓜棚里的童话，在爷爷的烟袋锅上亮着。
童话还带着酒味，飘飘悠悠地随着烟打着滚儿。
小刺猬，你随便找你最爱吃的瓜吧！
我要和带着烟味和酒味的童话一起打滚儿玩！

（46）饿最喜欢什么颜色

爷爷对我说："孩子，你知道饿最喜欢什么颜色吗？"
我回答："黄色的！就像麦子、稻子！"
爷爷微笑着点头说："是的，是黄色的，
黄色是麦子、稻子等各种庄稼的微笑，
它们能把你的梦喂得很饱很饱！"

（47）露珠儿没有哭

当露珠儿发觉自己变成霜花的时候，它知道，秋天来了。

露珠儿没有哭。

因为露珠儿的哭变成了一朵花儿，

那是一朵儿白白的微笑呀，虽然有点儿冷，

可是一点儿也不让人讨厌！

只是，我的梦也要把衣服添！

（48）我是冬天里生长的庄稼

冬天来了，爷爷不带我到庄稼地里去了。

为什么呢？爷爷说："庄稼退休了，我也就退休了！"

我问爷爷："那么小蛐蛐儿、小蝈蝈儿、小蚂蚁它们也都退休了吗？"

"是的，它们都累啦，也该做一个好梦啦！"爷爷笑呵呵地说。

"那你也做好梦吗？"我问。

爷爷认真地回答："当然做了，而且天天都做！"

我又问爷爷："那我呢？我也退休了吗？"

爷爷想了一下，高兴地说："你不会退休的，你是冬天里生长的庄稼，我和小蛐蛐儿、小蝈蝈儿、小蚂蚁的梦都会进入你的梦里的！"

（49）过一个丰收年

下雪了，天上飘落下来的雪花儿太多啦，要是爆米花该有多好呀！

可是，它们又多又冷，把庄稼地全都盖住啦！

爷爷笑呵呵地告诉我："孩子，那可是雪花织成的棉被呀，是让庄稼地暖乎乎地过冬呢！"

"那它们过冬，我们过什么呢？"我问爷爷。

爷爷捋着胡须笑着回答："我们一起高高兴兴地过一个丰收年呀！"

（50）过年啦

过年啦，鞭炮劈里啪啦地震天响。

被雪花盖着的庄稼地能听到吗？

我知道，庄稼地肯定会听到的，它肯定醒了，听到鞭炮声，而且还听到了歌声、欢笑声！

真的，它肯定又做梦啦，这个梦肯定是绿色的、春天的梦！

（51）绿色的DVD

庄稼地呀，

是一部绿色的DVD，

里边有一张绿色的光盘，

小蝈蝈儿、小螳螂、小青蛙，

都在唱着演着，

有关丰收的剧情！

只有我的梦，

才能下载视听！

（52） 绿色随身听

大肚子绿蝈蝈儿，

你是庄稼地里的绿色随身听啊！

真的，庄稼地可喜欢你啦，

只要是晴天，

它总会播放你的音乐！

就连我也能听到！

你啥时能来到我的枕边呢？

和我一起做一个童话的梦……

（53） 云朵数码相机

云朵呀，你是一部高科技的数码相机！

你乘风而来，随风而去，

在庄稼地拍的照，

谁能洗出来让我看呢？

也许，底片就印在我的梦里，

永远也洗不出来，

也洗不去！

（54）萤火虫儿

你是庄稼地里的梦吗？

飞来飞去的，挑着个小灯笼，

一个、两个、三个……

就像眨着调皮眼睛的小星星！

你在寻找着什么呢？

你是不是把什么东西丢得一干二净！

蛐蛐儿弹着琴，小青蛙唱着歌儿，

只有你呀——萤火虫儿！

挑着个小灯笼，

正在寻找着还没有醒来的丰收梦！

（55）好大的舞台

庄稼地啊，好大的舞台呀！

你可知道导演和指挥是谁吗？

其实你应该知道的，

它就是——风！

绿了、黄了、红了，

变换着背景；

吹着、弹着、唱着，

抒发着热情！

玉米、稻子、花生，

蝈蝈儿、蛐蛐儿，还有青蛙，

表演得多么投入，

多么生动！

（56）热闹的村庄

只是那么轻轻地一扇翅膀，

庄稼地就一下子漂亮啦！

不信？

你看——

小蜜蜂、花蝴蝶、小蜻蜓们呀，

争先恐后地上场，

飞舞出一个，

热热闹闹的村庄！

（57）庄稼地的眼睛

公鸡一打鸣儿，

喔——喔——喔，

庄稼地也就睁开了眼睛。

因为，它们知道，

这是集合哨呀！

小蚂蚁、小蝴蝶、小蜜蜂、小蜻蜓、小青蛙，

还有七星瓢虫，

都醒了！

它们开始表演自己的节目，

在庄稼地的眼睛里不停地放映！

（58）露　珠

你们为什么都哭啦？

为什么庄稼地里水灵灵？

原来呀——

那是太阳和月亮的

亲嘴儿呀，

亲醒了庄稼地的眼睛！

可是，你们找不到太阳爸爸，

还有月亮妈妈，

哭起来的绿呀，

却显得那么生动！

（59）绿色的热情

下雨了，

庄稼地里少了许多动静。

小蚂蚁呢？小蝈蝈儿呢？小蜜蜂呢？小蜻蜓呢？

它们都感冒了吗？

怎么看不到它们的影儿呢？

哎，多么好的演出呀，

你看庄稼们

把绿色摇晃得多么热情！

（60）捉迷藏

不要再捉迷藏了，
你们的歌声早已把绿色感动！
嘟嘟嘟、呱呱呱、嗡嗡嗡，
多么好听呀！
你们快出来吧！
庄稼地里的梦早已睡醒！
嘟嘟嘟、呱呱呱、嗡嗡嗡，
哈哈，看到啦！
小蝈蝈儿、小青蛙、小蜜蜂呀，
你们唱得多么抒情！

（61）垄

"垄"是什么？
就是土上的龙啊！
庄稼地里，一条条垄，就是一条条的龙，
龙的身上生长着绿色的希望，
许多许多的龙，组成了一片绿色的、希望的海洋！
在这片海洋上，涌动着丰收的畅想！

（62）大豆摇铃

你听过大豆摇铃的声音吗？
只要你闭上眼睛，侧着耳朵仔细地听，

秋天的风呀，有多么激动！

豆荚里的豆儿们呀，正在高兴，

随着风啊，摇呀摇，

摇出了一片快乐的铃声。

铃声热闹了你倾听的耳朵，

丰收了你闭着的眼睛……

（63）麦子收割完了

麦子收割完了，光秃秃的麦子地里，

样子有点儿难看。

到了夜晚，天上的月亮还是像镰刀一样弯。

你还要收割什么呢？

风儿高兴地吹了过来，

可是，听不见了麦子们嘻嘻哈哈的笑声，

风儿显得很不高兴，就去找新的小伙伴了。

还好，小蛐蛐儿又拉起了小提琴。

在这片光秃秃的麦子地里，

又有了梦的奏鸣……

（64）黄色的小音符

玉米叶儿黄了，再也听不到玉米们拔节的声音了，

因为，它们全都长大了！

玉米们开始摇动身上的风铃，

虽然玉米们的风铃摇不出声音来，

可是你闭上眼睛仔细地听——

风铃里的小铃铛——

一粒粒玉米——

像一个个黄色的小音符，

只要风儿一吹，

它们就开始表演丰收的大合唱！

真的，你嗅一嗅鼻子，

还能闻到它们的香味呢！

（65）好大的南瓜

哇——那是什么瓜？

你是黄色的西瓜吗？

不是的，那是又香又甜又面的大南瓜！

它和西瓜一样吗？

用刀切开它就可以吃吗？

不是的，它要在锅里蒸或者煮之后才能吃呢！

这个南瓜可真大呀，

我的梦都快要装不下啦！

梦里的大南瓜切开了许多瓣儿，

可是我不能吃它！

这是为什么呢？

唉，要是有一口大锅就好了，

这样我就可以蒸、可以煮啦！

可是，有了锅，火在哪儿呢？

我的梦里没有火，大南瓜瞪着眼睛看着我，

我也瞪着眼睛看着它，没有一点儿办法！

（66）绿油油的阳光

真的，当我走进庄稼地里的时候，
我这才发现，阳光是绿色的！
不信，你看——
眼睛里的庄稼们正在摇摆出绿油油的波浪，
那是风和光正在高兴地跳舞，
那是天和地正在尽情地歌唱！
在这片庄稼地里，
绿油油的阳光正在不停地流淌！

（67）绿色的味道

当你看到一大片绿色庄稼地的时候，
你的眼睛是不是感觉到了，
一种很熟悉的味道？
凉凉爽爽的，香香甜甜的，
就像刚在嘴里融化的雪糕，
那种感觉真的很好，
原来这就是——
绿色的味道！

（68）庄稼地的梦

我一直觉得，庄稼地的梦呀，总是绿色的。
绿油油的梦啊，总是和风儿在一起，

摇呀摇呀摇个不停。

它们一点儿也不觉得累，有的全都是快乐，

还有时有时无的笑声……

不过，当庄稼地梦醒的时候，

我和它都不敢相信自己的眼睛：

庄稼地原来是黄色的，

还有风儿，

那是一缕缕凉凉的秋风……

（69）玉米手机

这里是一大片玉米地，

你知道吗？每一棵玉米呀都有好几部手机呢！

快看呀，手机套全都是青绿色的，

露出来的玉米须呀，肯定是天线。

接收的到底是什么信息？

你听到手机的铃声了吗？

小蝈蝈儿、小蛐蛐儿、小蜜蜂、七星瓢虫都听到了，

还有农民们的梦，也都听得非常清晰。

你不信？那就等到玉米手机套变成黄色的时候，

你把手机拿出来，

你就会看到——

手机身上写满了黄色的一粒粒的秘密！

（70） 长在土里的豆

土豆，长在土里的豆，
你的梦一定很香、很面！
因为，我看到了你在地面上的微笑，
那么美，那么甜！
长在土里的豆呀，你童话了我的双眼；
长在土里的豆呀，你喂大了我的童年！

（71） 火辣辣的绿色

火辣辣的太阳照在庄稼地上，
太阳是在涮火锅吧？
就连绿色也是那么火辣辣的！
我的眼睛感觉到的是什么呢？
那些庄稼们呀，被太阳火锅涮得越来越绿了，
绿得像太阳一样火辣辣！

（72） 就是这片庄稼地

就是这片庄稼地，
生长着我童年的梦和梦中那个永远长不大的童话！
就是这片庄稼地，
绿着我的希望，黄着我的成长，丰收着我的未来！
就是这片庄稼地，指引着我来到了城市，

可是高楼上的那个枕边的梦呀，
它还是没有把那片庄稼地——
遗忘！

（73） 永远的庄稼地

我的眼睛，早已播种下了一片庄稼地，永远的庄稼地，
它永远绿着我的记忆，茂盛着我心中的童话！
庄稼地，永远的庄稼地——
你是我梦的摇篮！

（74） 村娃的童年

　　童年是什么？童年是一只大肚子的绿蝈蝈儿，趴在蒿草叶子上，无忧无虑地唱着自己想唱的歌。声音是那么脆、那么甜、那么绿！被风儿轻轻地一吹，马上就流出了一条快乐的小河，哗哗哗地流淌着，永远也不会停歇……

　　什么是童年？童年是一缕弯弯曲曲、浓浓淡淡的炊烟，温暖着双眼，牵动着幻想的翅膀，被风儿轻轻地一吹，虽然什么也看不见，但是鼻子总能嗅到无穷无尽的快乐，永远也不会飘散……

　　童年到底是什么呢？一个村娃只是简单地那么一想，就把一篇小童话写得像一首小诗一样！

（75） 湿漉漉的春天

你没有发现吗？春天是湿漉漉的！
冰消了，雪化了，风儿笑起来，笑容也是那么水灵灵的！

草绿了，花红了，燕子唱起来，声音也是那么水汪汪的！

青蛙醒了，小蚂蚁出洞了，阳光流动着，也是那么绿油油的！

种子高兴了，秧苗跳舞了，庄稼开始做梦了，梦出一个湿漉漉的春天！

（76）越来越近的春风

不知不觉地，我还是感觉到了冬天的风不再那么硬啦！

真的，柔柔的，就像妈妈的手在抚摸我的脸蛋儿。

虽然有点儿冷，可是，我的呼吸总是能闻到春妈妈的梦呀，正在渐渐地苏醒！

那些冬眠的青蛙们也该苏醒了吧？我真想马上听到你们把空气都叫得能沸腾的声音啊！

嘘——你听——小麻雀们的叫声怎么这么好听呀！是不是它们已经知道，迎面吹来的是越来越近的春风！

（77）春风的舞蹈

仿佛一夜之间，草地上的"雪被子"突然就没啦！

是被冷风掀走了吗？可是冷风已不再那么重啦，很轻很轻。

黄黄的枯草呀，你们一定不冷啦！

因为我看见，你们一起做梦的根呀，在茎儿的摇摇摆摆中渐渐地苏醒啦！

这就是春风的舞蹈吗？虽然还挺生硬，不过它正在酝酿着一种神奇的热情！

等不了多久，你会发现一切都会返老还童，包括你童话般的眼睛！

（78） 青蛙醒来的时候

青蛙醒来的时候，春天肯定眨了眨眼睛！

真的，青蛙只是蹦了那么几蹦，就惊动了春天的梦。

你不知道吗？青蛙醒来的时候，万物都会在寒冷中渐渐地苏醒，春天是头一名！

不用着急鸣叫，小青蛙，你只要蹦上那么几蹦，就会让所有苏醒的眼睛，马上生动！

青蛙醒来的时候，所有做梦的眼睛也都会苏醒！

（79） 春天的小燕子

小燕子呀，你不仅是服装设计师，还是化妆师呢！

你喜欢绿色，所以整个春天的舞台上，绿色绿了所有演员和观众的眼睛，还有他们的梦……

小燕子呀，你不仅是童话作家，还是儿歌歌唱家呢！

你喜欢幻想，所以整个春天的舞台上，幻想给了所有读者和听众插上了童话的翅膀，还有他们的心……

（80） 春雨是七色的

春雨是七色的！

花园里的花儿们可以证明！

在雨中洗澡的鸭子们知道吗？

在雨中飞舞的燕子们知道吗？

在窗前观看的眼睛和细听的耳朵们都知道吗？

我想，都会知道的！

因为我看到和听到了快乐和高兴！

（81）春天的口哨

风儿，轻轻的；阳光，柔柔的。

在这个春天的舞台上，小河微笑着，柳条摇摆着，还有那些鸟儿们呀，正在吹着春天的口哨！

燕子，清脆；麻雀，响亮；布谷，悠扬；百灵，动听……

这些春天的口哨真的太好听啦，我的耳朵呀，仿佛在发烧，一种绿色的发烧，感觉真好！

（82）绿色的发烧

小草绿了，柳叶绿了，蝈蝈儿绿了，青蛙也绿了……

风儿轻轻地一吹，绿色就微笑了；蝈蝈儿和青蛙轻轻地一叫，绿色就高兴了。

我的眼睛绿了，我的耳朵绿了，我感觉到我正在发烧，那是一种绿色的发烧，因为我的梦感了童话的冒，我真的不想吃什么药，真的不想让它马上好！

（83）早春的雨

下雨了，细细的，空气还很冷。

这是早春的雨呀！

爸爸教过我的一首古诗里有一句："春江水暖鸭先知"。

我的家乡没有江水，可是，院子里的鸭儿们呀，正在高高兴兴地在雨中洗澡呢！

人行泥水外，鸭浴雨毛中。

我真羡慕这些鸭儿们呀！

如果我今天的梦里有雨的话，请你们一定来呀，我也要变成一只小鸭子，和你们一起在雨中洗澡、唱歌、做游戏！

（84）雪　泥

喜欢做梦的春天正在做着绿色的梦，在梦中，春天露出了微笑。

春天的微笑很轻、很暖，把也正在做梦的积雪，在不知不觉中就给融化了。

融化的积雪还没来得及流淌，就钻进了也正在做梦的土里，变成了一大片雪泥！

雪泥也喜欢做梦吗？是的，而且你还能看见呢！

不信，你看——雪泥上的那些深深浅浅、横七竖八的痕迹是谁画出来的呢？

哦，一定是小鸟吧！要是有燕子的爪痕，那该有多好哇！

这些痕迹，一定会在雪泥上发芽，长出一棵棵绿色的童话！

（85）春天时的雪花

你是一朵朵白色的微笑吗？在天空中开放，然后落在湿漉漉的地面上，不见啦！

春天时的雪花呀，总是爱做春雨的梦！

一朵朵白色的微笑，在天空中开放，是在欢迎绿色的春天吧！

可是，为什么这么着急就融化了呢?

春天时的雪花呀，性子就是这么急！

也许湿漉漉的春天，需要融化了白色的微笑，才能调和出一个绿油油的春天来！

❀童话里的秋天

变黄的绿叶儿

绿叶儿变黄的时候，是告别树妈妈的时候。

没流一滴泪，没说一句话，只是秋风姑姑一招手，黄树叶儿在树妈妈的微笑中离开了她的怀抱……

飘飘停停的，秋风姑姑到底要把我送到哪儿呢？

当我的身子紧紧贴在土地上，再也飞不起的时候，我这才知道：我将要沉睡在大地妈妈的怀抱里……

当春天来的时候，当我再次苏醒的时候，我已经又回到树妈妈的怀抱里，我还是我！

我就是那片变黄的绿叶儿！

月亮阿姨在寻找什么呢？

月亮阿姨在秋天的夜空中睁大了眼睛。

月亮阿姨在寻找什么呢？

地面上静悄悄的，没有谁走动，除了小蛐蛐儿的鸣叫声，传得很远很远……

哦，她是在看农民收获的梦！

真的，稻穗、麦粒、黄豆、苹果、橘子、香蕉……都蹦出来了，又唱又跳，有多热闹哇！

不过，你要闭上眼睛才能看得见和听得见！

秋姑姑来了

秋姑姑来了，她要送走许多小朋友。

小燕子们准备去南方啦！小蚂蚁们也要关闭洞门啦！

小刺猬、小青蛙、小花蛇，还有大狗熊们就要冬眠啦！

那么，小蝈蝈儿、小蛐蛐儿、小蝴蝶、小蜻蜓、小知了、小蜘蛛、小螳螂他们都干什么去啦？

他们留下了卵后，就被寒冷的天气冻僵了。

秋姑姑，你送走了那么多小朋友，还有谁来陪伴我呢？

秋姑姑微笑着告诉我：还有小狐狸、小白兔、小喜鹊、小麻雀他们呀！

我这才高兴起来。

秋季芦花雪

下雪了吗？秋姑姑刚刚来呀！

可是，芦苇塘已经开始下雪了，是芦花雪！

白茫茫一片的芦花雪呀，被秋姑姑的袖子一甩，就飘飘悠悠地满天飞起来，落在身上、脸上、手上，一点儿也没融化，只是有点儿痒痒。

这就是我梦中的雪花呀，它自己开！

秋天的早晨

秋天的早晨，是小麻雀们的幼儿园，

叽叽喳喳的，闹个没完！

幼儿园里没有老师和阿姨吗？

秋天姑姑很疼爱小麻雀们，就让它们玩自己想玩的，不用谁来看护！

所以，秋天的早晨，是最热闹、最快乐的时候！

霜花儿

霜花儿开放了，一夜之间，就全开了！

霜花儿很小很小，白白的，像白糖、像白盐。

用舌头一舔，很凉，不甜也不咸。

一朵朵霜花儿凝聚在一起，可以拼出好多好多种美丽的图画来！

不信？你看——玻璃上的霜花儿有多好看呀！

秋 风

秋风，是丰收的风，吹起来虽然有点儿冷，可是它带给我们的感觉却是那么高兴！

该红的都红了，该黄的都黄了，该结果的都结果了，该梦的都梦着了！

秋风，是收获的风，可是吹起来为什么有些冷？

是不是在告诉我们：也有许多该红的都没红，该黄的都没黄，该结果的都没结果，该梦着的都没梦着！

秋　雨

秋雨总有说不完的话，一开口就不肯停下来。

而且，秋雨的心情也不太好，语气很冷清。

这是为什么呢？如果你能听懂秋雨的话，那么你就会明白：秋雨它说自己来得晚了，没有看到春天和夏天的好看东西！

秋　草

秋草的脸色很难看，是不是生病了？

不是的，从绿变成黄，是它长大成熟的颜色。

所以，秋草还是挺有精神的，低下头来，回忆过去，总结现在，畅想未来……

秋　声

秋天有声音吗？有的。

冷是风吹出来的，热是汗水流出来的。

红是大枣、苹果笑出来的，黄是麦穗、大豆摇出来的。

你只要用眼睛认真地看，才能听得见！

❀麦子的童话

（1）

当小雪花融化的时候，

它的梦呀就醒啦！

那是什么梦呢？

那是一个湿漉漉的梦呀！

麦苗脱下白棉袄，

洗了一个绿油油的澡！

（2）

当寒风微笑的时候，

它的梦就醒啦！

那是什么梦呢？

那是一个绿油油的梦呀！

麦苗儿一摇哈哈笑，

丰收的颜色马上到！

当小雨点儿跳下来的时候，
它的梦就醒啦！
那是什么梦呢？
那是一个火辣辣的梦呀！
麦苗儿一挺又长高了，
太阳底下多热闹！

当月牙儿像一把
小镰刀的时候，
它的梦就醒来啦！
那是什么梦呢？
那是一个丰收的梦呀！
麦穗儿弯下了腰，
它的孩子就要变成
天上的星星了！

当小星星眨着
调皮的眼睛的时候，
它的梦就醒啦！
那是什么梦呢？
那是一个快乐的梦呀！
麦粒儿撒着欢儿在天上跳，
太阳月亮也都丰收了！

第五辑
大自然的童话

🍀 大自然的童话

风也会睡

好困哪，只是打了一个呵欠，风也要睡啦！

那就睡吧！不要去理会天上的太阳，它太不懂事啦！

你热就热呗，我们困了就睡，干吗还让那些知了、蝈蝈儿们吵个不停呢？

太阳呀，你看——连风儿也都困了，它也热得受不了啦！

我眨了眨眼睛，就睡着了。

风儿呢？正趴在我的眼睫毛上，睡得可香啦！

会打喷嚏吗

好多好多的香蒿挤满了我的眼睛。

我的鼻子也被香蒿的香气熏得打了好几个喷嚏呢！

小蜜蜂会打喷嚏吗？小蝴蝶会打喷嚏吗？

小蚂蚁、小蚂蚱、小蝈蝈儿、小螳螂、小青蛙、小蜗牛，还有小刺猬、小田鼠它们也会打喷嚏吗？

不会的，因为它们总是能闻到香蒿的香气，都习惯了。

只是，它们被熏得有点儿醉啦！

天空上的小蛐蛐儿

天黑了，可是小蛐蛐儿的声音叫得可亮啦！

天上没有月亮，也看不到云朵，只有几颗小星星正在眨着眼睛。

我突然感觉到，天上的小星星们也在叫呢！

它们是不是天空上的小蛐蛐儿，眼睛一眨，就发出了叫声呢？

绿色的波浪

好大的一片草丛啊！

快往远处看哪——被风吹动的草丛，像池塘里的水面一样，掀起了一阵阵绿色的波浪！

要是草丛里也有小鱼小虾，那该有多好哇！

不要着急，你把脚轻轻地踩到草丛里去，准会蹦出来的！

不是小鱼小虾，那是蚂蚱、蝈蝈儿、螳螂和青蛙！

站在绿色的波浪里，你就是《西游记》里的神仙啦！

草叶儿们都哭了吗

天醒了，草丛里的梦也醒了。

那些草叶儿们呀，为什么都是湿漉漉的呢？

你看———一颗、两颗、三颗……呀，有好多小水珠呢！

是草叶儿们都哭了吗？

是不是天做了一个可怕的梦，把它们都给吓哭了呢？

不哭，不哭，你看——太阳公公有多高兴啊！

太阳公公用阳光给你们擦眼泪，你们又都笑啦！

洗了一个舒服的澡

天上掉下了好多好多的水！

是谁泼的呢？

你看——那些云朵有多黑呀！

是不是在给太阳、月亮的小星星们洗澡呢？

从天上掉下的好多好多的水呀，一点儿也不脏呢，可干净了，大家都很喜欢呢！

大家都会高兴地说：自己洗了一个舒服的澡！

它们可真馋

池塘是一个很大很柔软的镜子。

风一吹，它就软了。

你看——天上的白云也软了，池塘边柳树的枝叶也软了，还有你的影子也软了。

快看呀——游来了好多好多小鱼小虾，还有小蝌蚪，都要抢着吃天上的白云、池塘边柳树的枝叶，还有你的影子呢！

它们可真馋啊！